ALPHAPOLIS

不遇職とバカにされましたが、実際はそれほど悪くありません？ 1

A L P H A L I G H T

カタナヅキ

KATANADUKI

アルファライト文庫

Reito
レイト
異世界転生し、
王家の跡取《あとと》りとして
生を受けた青年。
生まれ持った職業が
「不遇職」だったために
追放されてしまう。
Aria
アリア
レイトのお世話をする
森人族《エルフ》のメイド。
Main Character
主な登場人物

Ullr
ウル
深淵《しんえん》の森に棲《す》む、
謎《なぞ》の「白狼種《はくろうしゅ》」。
Nao
ナオ
レイトが追放された
バルトロス王国の
第一王女。
騎士団を率《ひき》いている。
Aira
アイラ
レイトの母親。彼を
産んだことで、一緒に
追放されてしまう。

◆　◆　◆

ごく普通の高校生、白崎零斗《しろさきれいと》は、両親の仕事の都合で学校を転校することになった。

転校初日、彼が通学バスに乗るためにバス停で待っていると、突然、目の前で異変が生じた。

「んっ……？　な、なんだこれ？」

空間そのものがヒビ割れしたように、黒い亀裂《きれつ》が走っている。驚《おどろ》いた彼が後退《あとずさ》ろうとすると、そのヒビは彼を引き込むようにどんどん広がっていった。

「な、何が起きているんだ……うわっ⁉　す、吸い込まれるっ⁉」

亀裂は零斗を吸引し始め、次第にその力を増していく。あっという間に人ひとりを呑《の》み込むほどに大きくなったヒビに、彼の身体《からだ》はますます引きずり込まれていった。

「まずい……！」

踏《ふ》ん張《ば》って耐えるが、吸い込む力はさらに強くなる。

零斗は助けを求めてあちこちを見回すものの、周囲に人はいない。ついに、彼の片方の手がヒビの中に引き込まれてしまう。

「く、くそ！」

手足をばたつかせて必死に手を抜こうとする零斗。しかしそんな抵抗も空《むな》しく、彼の身体はヒビの中に完全に取り込まれてしまった。

「うわあああああっー⁉」

零斗の悲鳴がバス停に響《ひび》き渡る。謎《なぞ》のヒビ割れは彼を完全に吸い込むと、あっという間に消失してしまった。

いつもの光景に戻ったバス停。

そこに残されていたのは、霊斗が持っていた学生鞄《がくせいかばん》だけだった。

1

「……ここはいったい……？」

気が付くと、零斗は白一色の空間にいた。

周囲を確認するが……地面がない。零斗の身体は、無重力空間にいるかのごとく浮いている。

「じ、地面が……⁉　いや、冷静にならないと……」

パニックになりそうになったものの、零斗は頭を振って気持ちを落ち着かせる。

ひとまず彼は、自分がバス停からここまでどうやって移動したのか、思い出してみることにした。だが、しばらく頑張《がんば》ってみても思い出せない。どうやら謎のヒビ割れに吸い込まれた際に、意識を失っていたらしい。

そうこうするうちに、突然彼の目の前に、一人の女性が現れた。

やや幼さを残した顔立ちで、柔《やわ》らかく微笑《ほほえ》むその美しい女性は人間のように見えるが、いくつか奇妙《きみょう》な点があった。

髪は銀色に光っており、背中のほうに翼《つばさ》が見える。髪だけでなく、全身も光り輝いていた。

（人間……いや、天使様とか？）

零斗がそう思ったとき、女性は笑《え》みを深めてゆっくりと口を開く。

『いや～驚きましたね。数百年ぶりに、人間の、しかもこんなに若い方が訪れてくるなんて。びっくりです』

混乱する零斗に対し、女性の口調《くちょう》はどこかのんびりしていた。

零斗はしばらくポカンとしてしまったが、慌《あわ》てて言う。

「えっ……だ、誰だお前は⁉」

『あ、どうも。まずは初めまして、と言うべきですかね』

　女性はそう告《つ》げると、丁寧《ていねい》にお辞儀《じぎ》をした。面食《めんく》らってしまった零斗だったが、なんとか冷静になろうとし、口調を改めて恐る恐る話しかける。

「……あの、ここはどこなんですか？」

『狭間《はざま》の空間です。世界と世界の間に存在する場所ですよ』

　女性の言った意味がよく分からず、首を傾《かし》げる零斗。女性は彼が理解していないのを察したのか、説明を付け加える。

『より正確に言えば、ここはあなたのいた世界と別の世界を繋《つな》ぐ場所。星と星の間に存在する宇宙空間のようなところです。あなたは自分がいた世界から弾《はじ》き出されて、この場所にたどり着いちゃったんですね。あ、ちなみに、もう元の世界に戻ることはできません』

「なんで⁉」

　説明を呑み込めないながらも、零斗は反射的に大声で反応してしまった。そんな零斗に対して、女性は淡々《たんたん》と答える。

『戻ることができない理由は、全ての世界が縦《たて》に連《つら》なっているからです』

「縦って言っても……地球の上は宇宙じゃないの？」

　零斗の知っている限り、地球を取り巻く環境《かんきょう》はそういうものだった。しかし、女性は零斗の知らない世界の摂理《せつり》を、さも当然のように説明し始める。

『縦というのは位相《いそう》のずれの話です。あなたの世界のものに例えるなら高層ビルでしょうか。あなたがいた世界は、建物の階層の一つ。先ほどヒビに吸い込まれてしまったあなたは、要するに間違って下の階層に繋がる落とし穴に落ちてしまったわけです。ただし、ビルと違うところがあります。それは階段や梯子《はしご》が存在しないこと。つまり上の階層に戻る手段がないんですね。ちなみに、今のあなたは落とし穴に落ちている最中。ビルの階層の間、あなたがいた世界から別の世界へと繋がる空間に滞在《たいざい》していることになります』

「はいっ⁉」

話を聞きながら零斗は激《はげ》しく動揺《どうよう》した。やはり、彼女の言っている意味がまったく分からない。

女性は淡々と続ける。

『私は狭間の世界を管理する存在。私の役割は、この狭間の世界に落ちてきた、あなたのような方を別の世界に送り込むことです』

女性にじっと見つめられ、零斗は息を呑んで口を開いた。

「……役割？　あなたはもしかして、神様じゃ――」

すると、女性は零斗の言葉を遮《さえぎ》って告げる。

『あ、私はただの管理者ですよ。神様なんて、そんな大それた存在じゃないです。まあ、管理すると言っても基本的には暇《ひま》だから、普段はここから上と下の世界を覗《のぞ》き込んでいるだけ……コホン、私の話はこれぐらいにしましょうか。そろそろあなたを、別の世界に送らないといけませんね』

「ちょ、ちょっと待ってください‼　本当に元の世界には戻れないんですか？」

諦《あきら》めきれず零斗はそう尋《たず》ねてみたが、女性の返答は軽く、非情《ひじょう》なものだった。

『無理ですね。まあ、災難《さいなん》だとは思いますけど、不慮《ふりょ》の事故に遭《あ》ったと考えてください。次の世界でも頑張ってくださいねっ』

「ええっ……」

落胆《らくたん》した零斗は、元の世界にいた家族や友人のことを思い浮かべる。

（皆にお別れの言葉を言うこともできずに、俺はよく分からない別の世界に送られるのか……）

謎の異世界に送られる……改めてそう考えてみた零斗は、突然不安に襲《おそ》われ、慌てて女性に尋ねた。

「あのっ‼　別の世界というのはどういう場所なんですか？」

『おっ、覚悟を決めましたか。そうですね、別に教えても特に問題なさそうですし……』

女性は嬉《うれ》しそうな笑顔を見せると、一瞬考えるような仕草をしてから口を開く。

『うーん、超絶的《ちょうぜつてき》に分かりやすく言えば、ファンタジー世界ということになります。RPGゲームはお好きですか？　こちらの世界では、本物の魔物、それにエルフやドワーフといった種族も存在しますよ』

「ファンタジー……」

『さらに、あなたが住んでいた世界とはずいぶん変わった路線で進化しています。科学の代わりに魔法が発展しているんです』

「魔法って……あの？」

零斗が尋ねると、女性はにっこりとうなずく。

『こんな感じに魔法が扱《あつか》えます。とりゃ～』

女性はそう言って、何もない空間から杖を取り出した。そして、杖の先端《せんたん》から火や氷の塊《かたまり》を次々と出現させていく。

零斗が目の前の光景に呆気《あっけ》に取られていると、女性は指を鳴らして火と氷の塊を消した。

零斗は呆然《ぼうぜん》としながら声を搾《しぼ》り出す。

「な、今のが魔法？」

『そういうことです。あ、そういえば、一つ伝え忘れていたことがありました。あっちの世界に移動するときには、あなたの身体は元の世界の記憶以外、全て作り変えられます。そのままだと色々と不都合が起きますから』

「作り変えるって」

『世界そのものが違うから重力が異なりますし、科学の世界で生きてきた人間が魔法を扱えるはずないですしね。だから作り変えるしかないんですよ。小説みたいに、普通の人間が都合良く魔法を覚えられるなんて、ありえませんから』

「……ちょっと！　じゃあ今の俺はどうなるんですか⁉」

　取り乱したように問いただす零斗。女性は困ったように言う。

『まあ、記憶と意識だけは残しますよ。ある程度ランダムなので、もしかしたら人間じゃない生物に転生する可能性もありますけど……運に身を任《まか》せるしかありません』

「この場所に入り込んだ時点で、とんでもない不運なんですけど‼」

　零斗は声を荒《あら》らげて抗議《こうぎ》するが、女性は再び笑みを浮かべる。

『いやいや、逆に考えてくださいよ？　普通の人間がこの狭間の世界を訪れるなんて、本当に数百年ぶりなんです。むしろすごい幸運……いや、悪運だったのかもしれませんが』

「そんな馬鹿な……」

　零斗がため息を吐き出すと、女性が慰《なぐさ》めるように言う。

『まあまあ、久しぶりの人間のお客さんですし、私も少しはアドバイスをしますから。そうだ！　何か知りたいことがあったら、心の中で私の名前を呼んでください。そうすれば、私と会話ができるようにしておきます。私は異世界に関する全ての情報を把握《はあく》しているので、なんでも聞いてくださいね……』

　なぜか急に、零斗の意識が薄れていく。

「なんでも聞いていいなら……あなたの名前は？」

朦朧《もうろう》としながら尋ねると、女性はにっこりと微笑んだ。

『アイリス……狭間の世界の管理者です。困ったことが起きたら、遠慮《えんりょ》なく私に「交信」してくださいね。基本的に暇なので、いつでも応えられますよ』

「……約束ですよ」

零斗はアイリスと名乗る女性にそう言い残すと、そのまま意識が途絶《とだ》えてしまうのだった。

2

見知らぬ男女の言い争《あらそ》う声が聞こえてきて、零斗は意識を取り戻した。

「――どういうことだ。どうしてこうなった‼」

「お、落ち着いて、あなた……」

「うるさい‼　やっと男児が生まれたと思ったら……なんなんだこの屑《くず》は！」

「いや‼　やめてっ‼　その子はあなたの子供なのよ⁉」

様子をうかがおうと零斗が瞼《まぶた》を開くと、中世の貴族のような格好をした男性が目に入った。

それと同時に、自分がその男性に抱《だ》き上げられていることに気付く。男性は零斗の顔を見て、憎々《にくにく》しげな表情を浮かべた。

「こんな屑！」

男性はそう声を荒らげると、側《そば》にいた美しい女性に向かって零斗の身体を放り投げた。

（嘘《うそ》ぉ⁉）

投げ飛ばされた零斗は女性に軽々と受け止められる。

ようやくここで、彼は自身に起きている異変に気付く。どうやら零斗の身体は、小さくなっていたらしい。

（身体が縮《ちぢ》んだ……？　いや、もしかして……赤ん坊になったのか？）

零斗が自分の身に起きた状況を把握している間、二人の男女はずっと言い争っていた。

女性が男性を非難《ひなん》するように声を上げる。

「ああっ……なんてことするの！　乱暴なっ‼」

「うるさい‼　お前のような女に期待したのが間違いだった。出ていけ‼　ここから出ていけっ‼　その呪《のろ》われた赤子を連《つ》れて即刻立ち去れっ‼」

「……分かりました」

零斗を受け止めた女性は涙を流し、そのまま扉に向かう。そして扉に手をかけ、振り返る。

「さようなら。あなたのことは愛していたわ」

「……頼《たの》む、もう消えてくれ‼」

男性は背を向けたまま、女性を怒鳴《どな》りつけた。

女性は赤子の零斗を抱《かか》え、涙を流しながら部屋をあとにする。

零斗は、目の前で繰《く》り広げられた二人のやり取りから、この女性が自分の母親であり、さっきの男性が父親であるということはなんとか理解した。

いきなり波乱《はらん》に見舞われたが、この先の自分の人生がさらなる困難に満ちたものになるとは、このときの彼は知る由《よし》もなかったのだった。

◆　◆　◆

「ううっ、どうしてこんなことに。この子は何も悪くないのにっ」

赤ん坊の零斗を抱いた母親は部屋の外で泣き崩《くず》れていた。

しばらくして、彼女の前に複数の人間が現れる。

零斗は彼等の格好を見てぎょっとしてしまった。いずれも中世の兵士のような鎧《よろい》と武器を身に着けていたのである。

（なんだこの人達……コスプレ？　いや、どう見ても作り物とは思えない。まさか、本物の兵士なのか？）

兵士らしき男性の一人が母親に話しかける。

「奥様、落ち着いてください。申し訳ないのですが、あなたとその赤子がこれ以上城に滞在することは許されません。我々が城の外まで案内します」

零斗は、改めて男性達の着込んでいる鎧に目を向ける。

（レプリカなんかじゃない。本物の兵士と見て間違いなさそうだな）

ここで零斗は、アイリスに言われていた通り、自分が異世界に転生してしまったことを改めて実感した。

それはともかく、どうして自分の母親と思われるこの女性が泣いているのか、そして父親だと思われる男性が赤ん坊の自分に対して激しく怒っていたのか分からず、混乱したままだった。そんな彼に気付くことなく、大人達はどんどん会話を進めていく。

兵士の男性が母親に告げる。

「参りましょう。既《すで》に飛行船は用意しています。今なら他の人間に気付かれないうちに移動できるはずです」

「私達をどこに連れていく気ですか！」

兵士は押し黙《だま》り、そして言いにくそうに口を開く。

「……申し訳ありませんが、その質問には答えられません」

「そうですか……分かりました。抵抗はしませんから、どうかこの子にだけは危害を加えないでください」

母親がそう言うと、兵士の一人が大きな声を出す。

「危害なんて……馬鹿なことを言わないでください‼　我々は王国に忠義《ちゅうぎ》を誓《ちか》っております‼　王の妻であるあなたは我々の主人の一人なのです。そんな悲しいことを言わないでください……」

「王の妻である私には……ですか。ならばこの子にも忠義を誓えませんか？」

母親は静かに零斗へ目を向ける。

兵士は唇を噛《か》みしめ、目の前の母親から視線を逸《そ》らして言う。

「……申し訳ありませんが、その赤子に関しては……残念ですがその赤子には、王族としての資格は……」

「王族の資格がないと？　この子は私の子よ‼　夫と……国王と私の息子なのよ」

兵士の言葉を遮るように母親が声を荒らげると、兵士は非情にも告げる。

「その国王様が直々《じきじき》にそう言ったのです。いえ、それ以前に、自分には息子など存在しないとまで……」

「そんな……」

母親は膝《ひざ》から崩れ落ちる。

「奥方様……参りましょう」

「触《さわ》らないでっ‼　自分で歩けます‼」

兵士が出した手を、母親は強く振り払う。

手を弾かれた兵士は、彼女の意思を尊重《そんちょう》するように頭を下げた。そのとき零斗は両手を伸《の》ばし、母親を落ち着かせるように身体を掴《つか》んだ。

「あうっ……」

母親は表情を緩《ゆる》め、零斗に告げる。

「あっ、ごめんなさい、あなたは眠《ねむ》っていていいのよ。お母さんが大きな声を出したから起きちゃったのね。ごめんなさい……本当にごめんなさい」

母親は彼を連れて、兵士達とともにその場をあとにした。

そこで零斗は、抗《あらが》いがたい睡魔《すいま》に襲われて眠ってしまうのだった。


それからどのくらい経《た》っただろうか。

零斗が目を覚《さ》ますと、彼は外にいるようだった。ふと顔を上に向けたところ、彼を抱く母親の顔が目に入る。

意識を失う前は落ち込んでいたはずの彼女は、何かを決意したような強い意志をその瞳に宿し、まっすぐ前を見ていた。

つられて零斗も彼女の視線の先を追うと、大きな屋敷が見える。

「あ、あうっ……」

「あら……起こしちゃったのかしら？　ほら、今日からここが私とあなたの家よ」

「うう～？」

屋敷は年季を感じさせるものの、立派な外観《がいかん》だった。

零斗は今、その屋敷の広大な敷地《しきち》内にいるらしい。遠くのほうを見ると、敷地の周囲に人の背丈《せたけ》を超《こ》える高い鉄柵《てっさく》が設《もう》けられているのが分かった。

母親は零斗を抱きかかえながら歩きだし、屋敷の扉を開ける。

中では、大勢の人が二人を待ち構えていたように立っていた。彼等はこの屋敷の使用人らしく、年齢は30～40代ほど。一番若い人間でも30代前半といったところだ。使用人になる前は兵士だったと思われるような、立派な体格をした男性もいた。

零斗は使用人が並ぶ光景に圧倒されていたが、それは母親も同じだったらしい。母親は戸惑《とまど》いの表情を浮かべて話しかける。

「あの、あなた達は？」

使用人の代表と思われる白髪交じりの男性が一歩進み出て、深々とお辞儀をする。

「お待ちしておりました、奥方様。我々はこの屋敷の管理を任されている者です。国王様の指示により、あなた様のために仕《つか》えることを誓います」

「あの人が？　この子のことは聞いているの？」

母親が零斗の身を案じて表情を曇《くも》らせる。すると白髪交じりの男性は、優《やさ》しげな表情を浮かべて告げた。

「存じております。我々の中には赤子様と同じ境遇《きょうぐう》の人間も多数存在します。ですから、ご安心ください。そのお方を虐《しいた》げる者など、この場にはいません」

「……そう、それなら安心です」

母親はそう言って安堵《あんど》の息を吐いたが、零斗は使用人の言葉に引っかかりを覚えていた。

（俺と同じ境遇の人間？　どういうことだろう）

白髪交じりの男性が母親に言う。

「こちらへどうぞ。お坊《ぼっ》ちゃまのために子供部屋を用意しております」

「子供部屋？　そんなものまでこの屋敷に？　いいわ、案内してちょうだい」

「かしこまりました」

母親は零斗を抱いて、子供部屋に向かった。そして中に入り、零斗をゆりかごのベッドに下ろすと、零斗はそのまますぐに眠ってしまった。

こうして零斗の異世界転生一日目は終わったのだった。


零斗が目を覚ますと、またもや母親の姿が目に入る。

「あっ……う～⁉」

「あらあら、もう起きちゃったのかしら？」

母親が零斗を優しく抱き上げる。

零斗は「おはよう」と口にしようとして――

「う！　う～！」

上手《うま》く言えなかった。

それで零斗は、自分が生まれて間もない赤ん坊であることを思い出した。彼は言葉を発する代わりに身体を動かしてみたのだが、母親はただじゃれているだけと思ったらしい。

「よしよし、いい子でちゅね～」

「う～」

「あらあら、ちょっとご機嫌斜《きげんなな》めかしら？」

零斗が不満そうな表情で母親の顔を見上げると、彼女は笑みを浮かべ、零斗をベッドに戻した。そして、嬉しそうに零斗の頬《ほお》をつつく。

「あう、う～」

「ふふっ、今日はすごく元気なのね。昨日までは顔色が悪かったから心配してたけど……」

そこで母親はふと思い出したように言う。

「そういえば、あなたの名前を考えないとね。そうね……レナなんてどうかしら？　女の

子みたいで可愛《かわい》らしいし！」

「や〜……‼」

　零斗が精一杯《せいいっぱい》の抗議の声を出すと、母親は戸惑ったように首を傾げる。

「あ、あら？　気に入らなかったのかしら。それじゃあ、レノ、レア、レイ……」

　母親は偶然《ぐうぜん》にも、彼の転生前の本名である「零斗」に近い名前を挙《あ》げてくれた。零斗は同意を示すために大声を出す。

「あうっ‼」

「え？　レイ？　レイがいいの？」

　分かってくれた……が、あともう少しだ。そう思った零斗は、レイではなくレイトにしてもらうべくさらに頑張る。

「と、とぉっ……！」

　それらしい発音になったものの、母親は眉《まゆ》をひそめたままだ。

（伝わらなかったか……）

　零斗が諦めかけた瞬間――

「レイ……ト？　レイトが良いのかしら」

「あうっ‼」

「気に入ったみたいね。ほ〜らレイト、まだお昼寝の時間よ。もう少し寝ていてね〜」

母親は零斗の額《ひたい》に口づけし、その場を立ち去っていった。

零斗は誰もいなくなった子供部屋で思案《しあん》する。

(ひとまず名前はなんとかなったか。無事に異世界に転生したみたいだけど、色々と分からないことだらけだな)

ここでふと思いつく。

(……そういえば、アイリスって人に聞きたいことがあったらなんでも聞けって言われてたっけ)

さっそく心の中で「アイリス」と呟《つぶや》いてみると、零斗の身に異変が生じた。

視界が灰色に染《そ》まり、身体がまったく動かなくなったのである。いや、それだけではない。身体の感覚そのものが消えてしまった。

『なんだこれ⁉』

零斗は声を上げようとしたが、肉体の感覚がないので口を動かせない。しかしその代わりに、思っていたことが頭の中で自分の声となって響いていた。

いったい何が起きているのか分からず、パニックに陥《おちい》ってしまう零斗。

『もしも~し、聞こえますか？　無事に人間の赤ちゃんへ転生できたみたいですね～』

突如《とつじょ》として狭間の世界で聞いたアイリスの声が脳内に響き渡った。

『うわあっ⁉　いったいどうなってるんだ⁉』

アイリスの声はさらに続く。

『安心してください。今は、私と零斗さんが交信している状態なんです。時間を停止させているから口は動かせませんが、代わりに心の声で会話できるようにしているんですよ。時が止まっているので、どれだけ話し込んでも問題ありません』

驚きつつも、零斗はアイリスから言われたことを冷静に受け止める。

『……神様みたいな能力を持ってるんだね』

『別に時間停止くらいなら、この世界の人間でも扱える人はいますよ……三人くらい？』

『とんでもない世界だな……』

よく分からないことだらけだが、ひとまず零斗は、今の自分が置かれている状況を把握するためにさっそく質問することにした。

『ここはどこ？』

『ここは、人族……あ、零斗さんの世界にいるような普通の人間のことですね。その人族が暮《く》らす国家のとある領地に存在する屋敷。その中に、零斗さんはいるんですよ。零斗さんは王族のお子さんとして生まれたんですよ』

『王族って……』

零斗は、憎々しげに睨《にら》んできた男の顔を思い浮かべる。

するとアイリスは、零斗の考えたイメージから彼の疑問が分かったのか、すぐに答えてくれる。

『まあ、複雑《ふくざつ》な環境の子供として生まれたようですね。零斗さんが王である父親に疎《うと》まれ、王城から追い出されたのは間違いありません』

分かっていたことだが、少しだけショックを受ける零斗。

気持ちを切り替えて、次の質問をする。

『これから俺はどうなるの？』

『……さあ、分かりません。零斗さんに関わることは私も把握できないんですよ』

『え？　ちょっと待って。最初に会ったとき、この世界に関することは全て把握してるって……』

『すみません、説明不足でしたね。この世界に関わる物事は、過去から未来まで全て把握できるというのは本当なんです。けれど、零斗さんは元々別の世界の人間ですから、私の能力でも零斗さんの未来に関わることは分からないんですよ』

『ええっ⁉』

アイリスの適当さに、零斗は軽く呆《あき》れてしまう。だが、あまりにもいろんなことが起きているので、深刻《しんこく》に捉《とら》えないことにした。

『ま、まあいいや……そもそも未来なんて誰にも分からないものなんだし。あ、そういえば、どうして俺はこっちの世界の言葉が分かるの？』

『あ、その点も説明しておきますね。どうしてかというと、「翻訳」というスキルのおかげなんです。試《ため》しにステータスと唱《とな》えてくれませんか？』

『ステータス？』

零斗が「ステータス」という単語を頭の中で考えた瞬間、彼の目の前に液晶画面のようなものが表示された。

『なんだこれ。テレビゲームのコマンドみたいなのが現れたけど』

『それはステータスと呼ばれる魔法です。この世界の人間なら誰もが扱える魔法ですよ。その画面で現在の状態を確認できます』

『これが魔法？　赤ん坊でも扱えるのか……ばぶぅ』

『なんで今更《いまさら》、赤ん坊みたいな声を出したんですか!?』

零斗は少しだけワクワクしながら、自分のステータスを確認してみた。

【名前】　レイト・バルトロス
【主職】　支援魔術師《しえんまじゅつし》
【副職】　錬金術師《れんきんじゅつし》
【状態】　普通

【技能スキル】
翻訳――あらゆる人種の言語、文字を理解できる
【戦技《せんぎ》】
なし
【固有スキル】
なし

アイリスの声が零斗の頭に響く。

『うんうん、バグもなくちゃんと表示されていますね。あなたはもう白崎零斗ではなく、レイト・バルトロスなんですよ』

あまりにも強引な話なのに、ステータスを見たせいなのだろうか、零斗は不思議とその決心ができていた。

『そうだね。俺はこれからレイトとして生きていくよ』

零斗改めレイトは、もう一度ステータス画面を見てみた。

スキルの項目は、そのほとんどが「なし」になっている。

ただし技能スキルの欄《らん》には、先ほどアイリスが説明してくれたように「翻訳」が記載されていた。

『この翻訳というスキルがあるから、お母さんとか、他の人の言葉が分かるってこと？』

『そうです。なので、こっちの世界では文字の読み書きの勉強をする必要はありませんよ。良かったですね』

『なるほど。言葉の勉強がいらないのはいいんだけど……赤ん坊の状態ということは、もしかしてこれから食事やトイレは……？』

なんとなく予想できていたことだが、レイトはアイリスに聞いてみることにした。

『もちろん、お母さんか乳母《うば》に世話してもらうしかないですよ。赤ん坊なんだから、自分で処理できるはずがないでしょ？』

『ぎゃああっ‼　……あ、ばぶぅううっ‼』

『なんで途中で赤ん坊の泣き声に切り替えたんですかっ』

レイトはアイリスに抗議する。

『赤ん坊の見た目になっちゃったけど本当は15歳なんだぞ！　今更他人にトイレのお世話をしてもらうなんて、苦行《くぎょう》だよ……』

『まあまあ、仕方ないじゃないですか。レイトさんは普通の赤ん坊とは違いますから、きっと一年くらいの辛抱《しんぼう》ですって』

『くっ……殺せよぉっ』

『いつからオークに捕《つか》まった女騎士になったんですか。折角《せっかく》生まれ変わったんですから、第二の人生を存分に楽しんでください』

『やだぁっ‼　なんでオムツの世話になんかならないといけないんだぁっ‼』

『なんか本当に幼児退行してませんっ⁉　……こほん』

アイリスが急に咳払《せきばら》いをした。

そして、ちょっと間を置いてから告げる。

『そんなに嫌なら、早く自立すればいいじゃないですか。この世界のスキルの中には、汚《お》物《ぶつ》を処理できる魔法もありますよ。本当は状態異常を回復させる魔法なんですけど……』

『え？』

『あ、でもレイトさんの項目……やっぱり、そういうことでしたか』

『……？』

アイリスが何か言い淀《よど》んだので、彼は再び自分のステータス画面を確認してみた。翻訳のスキル以外になんの能力も所持《しょじ》していない。分かったことと言えばその程度だった。レイトはステータス画面の詳《くわ》しい見方が分からなかったので、アイリスに説明を求めることにした。

『スキルというのはどういう意味？　色々種類があるみたいだけど……』

『そういえばちゃんと説明していませんでしたね――』

アイリスがしてくれた説明は次のようなものだった。

スキルは大きく分けて「技能スキル」「戦技」「固有スキル」の三つに分類され、それぞれ効果と役割が異なっている。

まず「技能スキル」とは最も数と種類が豊富なスキルであり、簡単に言えば才能のようなもの。たとえば狙撃《そげき》のスキルを身に付けると、弓矢や銃を使用する際、標的《ひょうてき》に命中させやすくなる。しかし、あくまでも才能なので、自分自身で能力を生かせなければスキルを覚えても意味はない。

次に「戦技」とは、ＲＰＧゲームでお馴染《なじ》みの魔法や技のことで、戦闘に役立つスキルの総称《そうしょう》である。例えば職業が剣士だった場合は戦技として剣技を覚え、魔術師系の職業だった場合は戦技として魔法を扱えるようになる。ただし、戦技は使用ごとに体力や魔力を消耗《しょうもう》するため、多用しすぎると肉体に大きな負荷《ふか》がかかる。

最後の「固有スキル」は常時発動中となるスキルだ。アイリスによると、自分の意思でオンオフの切り替えを行うことが可能なものも存在しているらしい。

アイリスは一通り説明し終えると、レイトに確認する。

『――という感じですね。どうです？　分かりました？』

『うーん、なんとか。また分からないことがあったら聞くかも』

スキルはほとんど取得していないので、分からないことが多いのは仕方ない。そう考えたレイトは、自分の境遇について聞いてみることにした。

『なんで俺が追い出されたか知りたいんだけど』

すると、アイリスの声音《こわね》が少し低くなる。

『やっぱり聞きたいですか？　まあ、そうですよね。生まれた途端《とたん》に呪われているなんて言われて、気にしないはずがありませんよね……』

『理由は知ってるの？』

『ええ、最初に言った通り、私は基本的にこの世界の全てを知っていますから』

アイリスはそう言うと、一気に告げる。

『レイトさんが追い出されたのは、あなたの職業に関係しているんです』

レイトは、改めて自分の職業欄を確認してみた。

そこには、主職、副職として二つの職業が記されている。

『この支援魔術師と錬金術師ってやつ？』

『そうです。職業に触《ふ》れる前に、順を追っていきましょうか』

そうしてアイリスは、レイトの複雑な家庭環境について説明し始めた。

『レイトさんの父親は、現在あなたのいるバルトロス王国の王様、十三代目のバルトロス国王です。元々は、レイトさんの父親のお兄さんが国を治《おさ》めていましたが、病《やまい》で亡《な》くなったため、レイトさんの父親が継《つ》いだんです。お兄さんには三人の娘がいますが、この王国では男性が国を統治する法律が存在しているためです。既に前王の奥方が他界していたこともあり、三人の娘はレイトさんの父親に引き取られました』

『バルトロス国王……王国の名前と一緒なんだね』

『はい。王国の決まりで、王位を継いだ者は国の名前であるバルトロスを名乗るようになります。だから、バルトロスとは王族の苗字《みょうじ》というだけではなく、王そのものを表すようになるんです』

アイリスは少し間を置くと、この話の本題に入っていった。

『それはさておき、王家は男児を生み出さない限り、その代で終わりを迎《むか》えてしまいます。だから、レイトさんが生まれたとき、国王は非常に歓喜《かんき》していました。ですが、レイトさんの職業が問題だったんです』

『問題っていうと……ものすごく強くて危《あぶ》ない職業とか？』

アイリスの言おうとしていることが分からず、レイトが疑問を口にすると、アイリスは悲しげに言った。

『いえ、逆なんです。この世界では「支援魔術師」と「錬金術師」はどちらも不遇職として扱われています』

『え、弱いの？』

アイリスは一瞬口ごもり、しばらくして告げた。

『……この二つの職業が覚える能力は特殊《とくしゅ》で、扱える人間が全然存在しません。さらに他の職業と比べて、成長率や能力の上昇率が悪いんです』

ショックを受けるレイトに、アイリスはさらに続ける。

『どちらの職業も戦闘向けの能力をほとんど覚えないから、自力で魔物を倒せません。かといってパーティを組んでも、全然レベルが上がらないのでお荷物になるだけ。でも、弱いというよりは、大器晩成《たいきばんせい》型の職業なんですよ。諦めないで地道にレベルを上げてスキルの能力を高めれば、立派に活躍できるんですけど……誰もそこまでには至《いた》らないんです』

『いくら職業が不遇だからって、国王の直系で王位継承《けいしょうけん》権を持ってる俺を追放するのはおかしくない？』

レイトが非難するように言うと、アイリスが冷静に答える。

『こちらの世界では、それだけ職業というのは大事なものなのです。不遇職というだけで馬鹿にされ、貶《おとし》められることが常識となっている世界で、レイトさんが国王になったら、民衆はどうすると思います？　暴動《ぼうどう》を起こして、国家は転覆《てんぷく》されてしまうでしょう』

『そんな……』

『悲しいですけどこれが現実です。この世界では不遇職は人間扱いされません。むしろ、レイトさんは運が良いほうなんですよ。殺されずに追い出されるだけで済んだんですから……』

アイリスの話を聞き終えて、レイトは黙り込んでしまった。

やがて彼は、決意したように話し始める。

『でも、実の父親から忌《い》み嫌われた理由が分かって良かったよ。過ぎたことを気にするより、これからのことを考えなくちゃ』

『その意気です』

アイリスの激励《げきれい》を受けて、レイトは彼女に尋ねる。

『不遇職は人間扱いされないって言ってたけど、このまま俺が何も対策をせずに生きていけると思う？』

『無理でしょうね。父親の気が変わって、レイトさんを殺そうとしてくるかもしれません。あるいは、王位継承権を巡《めぐ》って別の何者かがレイトさんの命を狙《ねら》ってくる可能性もあるでしょう。そうでなくとも、危険なこの世界では力を身に付けなければ生き抜けません』

『……なんて世界だ』

『気持ちは分かりますが、私からは頑張ってくださいねとしか言いようがありません。もう転生を果たしたレイトさんに私ができることは、こんなふうに話し相手になるくらいしかないのです』

申し訳なさそうに言うアイリスに、レイトは告げる。

『いや……十分だよ。アイリスにはこれからいっぱい助けてもらうと思う』

レイトは、アイリスがこの世界の全てを知っていると言っていたことを思い出した。そして、先ほどからずっと気になっていたことを尋ねる。

『アイリス……一つだけ教えてほしい。君はさっき、支援魔術師と錬金術師は大器晩成型の職業だって言ってたよね。それは本当？』

『……はい、この世界の人間は勝手に不遇職だと思い込んでいますが、この二つの職業の能力は、実は素晴らしいものなんです。適切な鍛錬《たんれん》をして戦闘方法を工夫すれば、単独で強力な魔物とも戦えるほどに成長します』

『だったら教えてくれ。俺はこれからどうすればいい？』

『いい質問ですね。その言葉を待っていましたよ』

レイトは、見えないはずのアイリスが笑ったように思えた。

意気込んだのは良いが、現実のレイトは赤ん坊であり、できることは限られている。彼はゆりかごの中に収まる小さな自分を自覚しながら、アイリスに再び同じ質問をする。

『それで、俺はどうすればいい？』

『そうですね……まずは技能スキルを色々と身に付けていきましょう。赤ん坊の状態でもスキルを覚えることはできますから、私の指示通りにやってみてください』

レイトが心の中でうなずくと、さっそくアイリスが告げる。

『レイトさんの周囲で見える物を教えてください』

彼女の言葉に従《したが》い、レイトはゆりかごから見える範囲の景色を確かめる。時間が停止しているので身体は動かせないが、前方の様子くらいは見えた。

レイトは見たままを伝えていく。

『……天井があって……あと、窓が開いているのが見える。他には……蝶《ちょう》が飛んでいる』

蝶は羽を広げた状態で空間に固定されていた。

『ちょうど良いですね。この状態なら時間が停止しているので動くことはありませんし、蝶を観察してください』

『観察？　どういうこと？』

『いいから黙って見続けてください。細かいことに気付いたらできるだけ思い浮かべてくださいね』

『うん……』

アイリスの言葉に戸惑いながらも、レイトは彼女を信じて上空に浮かんでいる蝶を観察し続ける。そして蝶の特徴《とくちょう》を挙げていった。

『羽や胴が黒く染まっている。だけど瞳だけが青く光ってる。それと、よく見たら羽の模《も》様《よう》が薄い黒と濃《こ》い黒の縞《しま》になっている。あとは――』

そうやって目についた物を考え続けていると、突然、視界にステータス画面が表示された。

〈技能スキル「観察眼《かんさつがん》」を習得しました〉


画面を確認した彼は、即座にステータスの魔法を唱えてみた。

すると別の画面が現れ、習得したスキルの詳細な情報が表示される。

観察眼――観察能力を限界まで高める

『単純な説明文だな……』

試しにもう一度、蝶に視線を向ける。

先ほどまでは気付かなかった細かい特徴まで把握できた。

『あの蝶、左右の羽で鱗粉《りんぷん》の成分が違うのか。アイリス、観察眼というスキルを身に付けられたみたいだけど……』

『それは良かったですね。初のスキル習得、おめでとうございます。効果は実感できましたか？』

『うん、普通じゃ絶対気付かないようなことまで分かるようになってる』

レイトは、蝶の観察をしただけであっさりスキルを身に付けられたことに驚いていた。

そして、この世界でのスキルの習得方法について見当を付ける。

『もしかして、観察眼のスキルは、俺が観察を続けていたから覚えられたの？』

『その通りです。ちなみに、商人と呼ばれる職業だったら、観察眼の上位互換《ごかん》である鑑定《かんてい》のスキルを覚えられます。こちらのほうが便利ですけど、レイトさんでは習得できませんね』

『そうなのか。この調子で他のスキルを身に付けられるかな』

『それはレイトさん次第です。まあ、私も助言をしますから、いつでも頼ってくださいね』

そのとき急に、レイトは疲れを感じる。

『ありがとう……そろそろ元に戻りたいんだけど』

『分かりました。それでは……』

アイリスの声が聞こえなくなり、灰色になっていた風景に色が戻る。

それと同時に、ゆりかごの上で固まっていた蝶が動きだした。

蝶が窓から出ていくのを見ていたレイトに、再び疲労感が押しかかる。そして瞼《まぶた》が重くなり、完全に眠りに落ちてしまった。

レイトが起きたときには、既に窓の外は闇に覆《おお》われていた。

彼は無性《むしょう》にお腹《なか》が空《す》いていることに気付き、声を上げて母親に伝えようとする。

「あ、あうっ……あああああっ‼」

「あらあら‼　起きちゃったのかしら⁉」

慌てた様子で母親が現れ、レイトを優しく抱き上げた。

（そういえば、未だにお母さんの名前を知らないんだよな。聞きたいけど話せないし……いつかアイリスに聞こう）

考えながらも、レイトは空腹《くうふく》のあまり本能的に彼女の豊満な胸に顔を埋《うず》めてしまった。

「う～……」

「ごめんなさいね。一人にさせて……お腹が空《す》いちゃったのかしら？」

「あぶぅっ」

「はいはい。ほら、ゆっくり味わいなさい」

「あうっ……」

母親は恥《は》ずかしげもなく胸元を晒《さら》し、彼に乳房を差し出した。

（そうか。赤ちゃんなんだから、お母さんのお乳《ちち》が俺の食事になるんだよな……）

母親とはいえ、年若く美しい女性の胸を吸うことにためらいはあったが、空腹には勝てなかった。

レイトは母親の胸に吸い付く。

「あむっ」

「うふふっ。可愛いわね。そんなに夢中で吸って……」

（恥ずかしい……）

見た目は赤子だが、レイトの精神年齢は15歳。高校一年生になったばかりの年頃である。

彼はこの状況に羞恥心《しゅうちしん》を覚えていたものの、今は彼女の世話になるしかなく、結局、満腹になるまで乳房を吸い続けるのだった。

3

レイトが異世界に転生してからおよそ一年が経過した。

スキルを覚えようと意気込んでいたレイトだったが、実は観察眼以外のスキルは習得できていない。赤子の状態なのでまともに動けず、新《あら》たなスキルの習得に挑戦するのは難《むずか》しかったのである。

そんなわけで彼は、身体が成長するまで、この世界に順応していきながら大人《おとな》しく過ごすことにしていた。

といっても、何もしていなかったわけではない。

ベッドで寝ながらアイリスと交信を繰り返し、この世界のことや屋敷の内部事情などを教えてもらっていたのだ。

交信は精神力を消耗するため、あまり長くやっているとレイトは疲れて眠ってしまう。

とはいえ、赤ん坊は寝るのが仕事のようなものなので、誰からも不審《ふしん》に思われるようなことはなかった。


そんなある日、レイトがアイリスに母親の名前を聞くと、あっさりと答えてもらえた。

『レイトさんのお母さんの名前は、アイラというんです。彼女は今の生活を受け入れ、十人ほどの使用人達と静かに暮らしていこうと考えているようですね』

『考えているって……アイリスは人の心の中まで全部分かるの？』

『さすがにある程度だけですが、ざっくりとだったら把握することは難しくありません』

『すごいな……』

その後レイトは、母親のことについてさらに教えてもらった。彼女は現国王、つまりレイトの父親の正妻《せいさい》ではなかったらしい。

続いて、父親について尋ねてみる。

『俺の父親、バルトロス国王って、何人も奥さんを持てるほど偉《えら》いの？』

『そうですね。バルトロス王国は人族の治める唯一の国ですから、その国王はいわば、人族で一番偉い人物ということです。世継《よつ》ぎを残すためにも、一夫多妻《いっぷたさい》制を採《と》ることは普通だと思います』

『なるほどね。ところで人族っていうわけだから、この世界には人間以外の種族もいるんだよね……』

レイトがそう質問すると、アイリスはすんなりと答えてくれる。

『はい、六種族が存在しています。レイトさん達のような人族、特徴的な尖《とが》った耳をした森人族《エルフ》、ずんぐりむっくりした見た目の小髭族《ドワーフ》、大きな体躯《たいく》の巨人族《ジャイアント》、獣の性質を強く残している獣人族《ビースト》、様々な姿形を持っていますがいずれも知能の高い魔人族《デーモン》の六つです』

『へ〜。でもそんなに種族がいっぱいあったら、種族同士の喧嘩《けんか》とか多そうだね』

『確かに、六種族には長年争っていた歴史があります。ですが、今から五十年ほど前、六種族は互いに領土の不可侵《ふかしん》条約を結《むす》び、戦争を終結《しゅうけつ》させたんです。それでも種族間の溝《みぞ》は完全に埋《う》まったわけではありません。現在でも小規模な争いは起きています』

種族の歴史に思いを巡らせたレイトは、ふと気付いたように言う。

『でもさ、もし俺が不遇職じゃなかったら、人間の王様になれていたかもしれないってことなんだよね。そしたらもっと楽な生活が送れたのかな』

アイリスは少し間を置き、そしてゆっくりと告げる。

『まあ、不遇職でなくとも苦労したと思います。国内には、現国王に不満を抱いている者も多いですし、法律を変えて先王の娘に王位を継がせようとする勢力も存在していますから。むしろレイトさんは、王城から追い出されたことで、より安全になったんじゃないでしょうか。継承権がなければ、レイトさんの命を狙う理由はありませんし』

『確かにそうかも。でも、どっちにしろスキルは覚えて、もっと強くなっておかないとね』

レイトが自《みずか》らに言い聞かせるようにすると、アイリスは嬉しそうに言った。

『そうですね。この世界はただでさえ危険が多いですから。そろそろレイトさんも自力で動けるようになりますし、そうなったら、本格的な修業《しゅぎょう》を始めていきましょうか』

◆ ◆ ◆

それから数日後、レイトは掴まり立ちができるようになった。

さっそくレイトは行動を開始する。

「んしょっ、んしょっ……」

『頑張ってください。まずは身体を動かすことから始めましょう』

アイリスに応援されながら、レイトは不慣れなハイハイで部屋にあった子供用の机まで移動する。

これから習得しようとしているスキルの覚え方は、事前にアイリスから教わってあった。

レイトは彼女に指示されていた通り、机の上に乗る。高さは50センチほどに過ぎないが、自力で立てるようになって間もないレイトにとってはかなりの高さである。

レイトは覚悟を決めると、床に向かって勢いよく飛び降りた。

「よっと……あうっ⁉」

着地に失敗して倒れ込んでしまう。

レイトは痛みを我慢《がまん》して身体を起こし、再び机の上に移動して、またもや床へ飛び降りた。

「てやぁっ‼」

そんな奇妙な行動を何度も繰り返し、初めて両足で着地に成功した瞬間。

彼の視界に画面が表示された。


〈技能スキル「頑丈《がんじょう》」を習得しました〉

〈技能スキル「受身《うけみ》」を習得しました〉


レイトは安堵の息を吐いて床に倒れ込み、身体を横たえる。

「はぁぁぁ」

そしてステータス画面を開く。

頑丈——肉体の耐久性《たいきゅうせい》を上昇させる
受身——肉体が受けた衝撃《しょうげき》を外へ流す

新しく習得したスキルの説明を見て、レイトは笑みを浮かべた。

レイトは無意味に身体を痛めつけていたわけではない。これらのスキルを身に付けるために、何度も飛び降りていたのである。

スキル「頑丈」「受身」は本来なら格闘家が覚えるスキルだが、別の職業でも訓練で習得することが可能なのだ。

「ふう、いちゃいっ」

レイトは舌足らずな口調でそう言ったところ、微《かす》かに足音を感じ取った。

母親が向かってきていると思ったレイトは、慌てて窓の外を覗く。現在が夕方頃であることを確認してからカーテンを締め、ベッドの上によじ登った。そして、急いで毛布を被《かぶ》って寝たふりをする。

その数分後、部屋の扉が開かれ、母親のアイラが入ってくる。

「私の可愛い赤ちゃ〜ん‼　お母さんが来たわよ〜……あら、お昼寝中かしら？」

「ぐ、ぐぅぐぅっ」

「ふふっ、可愛い寝顔。起こしたら可哀想《かわいそう》ね。お食事はあとにしましょうか」

アイラはレイトが眠っていると信じてくれたらしい。それからアイラは、壁《かべ》にかけられた蝋燭《ろうそく》に目をやったものの、火を灯《とも》すことなく静かに退室していった。

アイラの足音が完全に聞こえなくなるまで待ってから、レイトは目を開ける。

「ごめんね、おかぁたん」

アイラを上手く騙《だま》したレイトは舌足らずにそう言うと、部屋の中が完全な暗闇になるまで待ち続けるのだった。


完全に日が落ち、子供部屋は真っ暗になった。

レイトのいる子供部屋には窓が一つしか存在せず、天井に照明はない。壁際《かべぎわ》に設置されている蝋燭が、部屋の中を照《て》らす唯一の手段だ。

「……なにもみえないなぁっ。よいちょっ……あっ」

レイトはベッドから下りようとして、つまずいてしまった。そしてそのまま顔から落ち、床にぶつかってしまう。

だが不思議なことに、痛みはごくわずかだった。

どうやら、昼間に習得した頑丈と受身のスキルのおかげらしい。

（スキルってちゃんと効果あるんだな）

それからレイトは、手探《てさぐ》りで周囲の状況を確認していく。

「いてっ⁉　あうっ⁉　わあっ⁉」

家具に衝突《しょうとつ》したり、足元に落ちていた玩具《おもちゃ》を踏んで転《ころ》んだりしたが、スキルの恩恵《おんけい》で肉体のダメージは最小限だった。

しばらくして夜目《よめ》が利《き》いてきたのか、次第に周囲の状況を把握できるようになる。

「よいちょっ……よいちょっ……ふうっ」

頑丈と受身のスキルを習得したときと違い、特に変な行動はせずに、レイトは寝転がったり、歩く練習をしたりした。

「ひまだなぁ……あいうえお、かきくけこ……」

発音練習をしながら暗闇の中を歩き回る。

今回のスキルを得るためにアイリスからされていた助言は、『暗闇を恐れずに普段通りの行動を心掛ける』こと。ちなみにアイラが部屋に入ってきたときレイトが狸寝入《たぬきねい》りをしたのは、彼女に蝋燭を灯させないためだった。

やがてレイトは、暗闇の中でも完全に周囲を把握できるようになった。すると、彼の視界に画面が表示される。

〈技能スキル「暗視《あんし》」を習得しました〉


「よっちゃあ」

新しくスキルを習得したことに、レイトは歓喜の声を上げた。目的を果たしたレイトは、さっそくステータス画面を開いて能力を確認する。

暗視――暗闇の中でも視界を確保できる

続いて、アイリスに声をかける。

『アイリス、無事にスキルを覚えられたよ』

『はい、ちゃんと見てましたよ。すごいじゃないですか』

『でも、スキルってこんなに簡単に覚えられるものなの？』

レイトはアイリスから褒《ほ》められて嬉しかったものの、一日で三つもスキルが取れてしまったことを呆気なく思っていた。

アイリスが答えてくれる。

『それはレイトさんの年齢に関係しています。一般的には全然知られていないんですけど、実は、こちらの世界の人間が最もスキルを習得しやすいのは、誕生《たんじょう》から幼年期くらいの時期なんです。あと、スキルの習得にも難易度《なんいど》があって、今日覚えた頑丈、受身、暗視のスキルなんかは基本的なスキルとはいえ、小さい頃から訓練を積《つ》まないとなかなか覚えられないんですよ』

『そうなんだ。ところで、普通の人だとスキルは何個くらい覚えられるのかな？』

『環境によって覚えられるスキルに違いがありますが、大抵の人は一生で十個くらいでしょうか。ですが、レイトさんは不遇職なのですからそれだけでは足《た》りないでしょうね。なので、どんどん新しいスキルを覚えていきましょう。相性《あいしょう》によって覚えられないスキルも存在しますけど、覚えられる数には制限はありません。とにかくたくさん覚えたほうが得ですよ』

　アイリスの声は、なぜか楽しそうだった。

『得って、なんか軽いな……まあいいや。じゃあ、これからもアイリスには色々と教えてもらうよ』

『任せてください』

　アイリスとの交信を終え、レイトは考える。

（アイリスのおかげで一日に三つもスキルを手に入れられた。アイリスの指示に従って今から修業を続けていけば、不遇職でもきっと強くなれるはず！）

なんだかやる気になってきたレイトは思わず声を上げる。

「よし、このちょーしでがんばるぞぉっ‼」

誰もいない部屋で、気合《きあい》を入れたレイトの声が響き渡るのだった。

4

レイトが異世界に転生してから二年が経過した。２歳となった彼は、訓練のおかげで歩けるようになった。

頻繁《ひんぱん》に屋敷の中を歩き回ってしまうため、使用人達をたびたび困らせてさえいる。

使用人達は、普通の子供よりも活発で危なっかしいレイトを心配して追いかけ回し、毎日のように、使用人とレイトの鬼ごっこが繰り広げられた。

今日ももちろん鬼ごっこは行われており、使用人の勝利で終わろうとしていた。屋敷の一角にある書庫へ近付こうとしたレイトの首根っこを、一人のメイドが掴む。

「坊ちゃま‼　その廊下《ろうか》は掃除前なので近付いてはいけません‼」

「やぁっ‼　離《はな》して～‼」

「わがままを言わないでください‼　もう……どうしてそんなに書庫に入ろうとするので

すか。文字もまだ読めないのに！」

「読めるよぉっ」

「はいはい。ほら、子供部屋で大人しくしていてください」

この一年の間に、レイトは言葉をだいぶ発音できるようになっていた。レイトは抗議の声を上げたのだが、メイドは彼の言葉を聞き流して、彼を子供部屋に戻す。

そこまでは良かったのだが、メイドは絵本が散《ち》らかっている子供部屋を見て、深いため息を吐いた。

彼女の名前はアリア。森人族《エルフ》の女性であり、森人族《エルフ》の特徴通り金髪碧眼《へきがん》で両耳が細長く尖っている。年齢は20代後半だが、その見た目は年齢以上に若々しく、レイトにとっては姉のような存在だった。

アリアが困ったように言う。

「もう、お坊ちゃま、散らかしたらちゃんと片付けてください。まったく……」

「ごめんなさーい」

「こういうところだけはお母様と似て……あ、こら‼　勝手に部屋から抜け出そうとしない‼」

「あうっ……」

アリアが絵本を整理している隙《すき》に、部屋を出ようとしていたレイト。しかし、アリアに簡単に捕まってしまう。

　レイトは悪びれもせず、代わりのお願いをする。

「ねえねえ。だったら魔法を教えてよ、アリア〜」

「またですか、坊ちゃま。前にも言ったように、坊ちゃまに魔法は早いんです。それに、支援魔術師の魔法は私も扱えませんから」

「見せてくれるだけでいいから〜」

「だ・め・です‼　ほら、ちゃんとお片付けしましょうね」

「ぶぅ〜」

「くすっ。もう、子豚さんみたいですよ」

　レイトは年齢相応の子供のように、甘えた仕草をしてみせた。アリアはそんな彼を見て笑みを浮かべながらも、絵本の片付けに取りかかるのだった。

　ちなみに、この世界で魔法を扱えるのは、魔術師系の職業の者だけである。森人族《エルフ》は主職か副職がほぼ魔術師系統の職業になるため、森人族《エルフ》であれば魔法を使えると考えて間違いない。実際にアリアの主職は精霊魔術師なので魔法は扱えるのだが、レイトは彼女が魔法を使っているのを見たことがなかった。

　レイトがむくれた顔をして抗議する。

「アリアの意地悪〜」

「別に意地悪をしてるんじゃないですよ。魔法は危険なんですから、うかつに使っちゃいけないんです」

「それは分かるけど……」

そう言っても、レイトとしてはやはり魔法を見られないのは不満だった。そこで彼は、ちょっとした仕返しのために、アリアに悪戯《いたずら》を仕掛けることにした。

彼は何気《なにげ》ない雰囲気《ふんいき》を装《よそお》って、アリアの背後から声をかける。

「ねえねえ、アリア～」

「もう、なんですか坊ちゃま……あれ？」

アリアが振り返ると、レイトの姿が消えていた。彼女は慌てて周囲を見渡すが、やはりレイトの姿は見当たらない。

「お坊ちゃま⁉ どこに行ったんですか⁉」

混乱して声を張り上げるアリア。

そのとき、彼女の背中にレイトが飛び付いた。

「隙ありぃっ」

「きゃあっ⁉」

アリアは驚いて振り返る。

「ぼ、坊ちゃま？ どこに隠《かく》れてたんですか？」

アリアが動揺しながら尋ねると、レイトはアリアの背中にしがみ付いたまま、笑みを浮かべて答えた。

「ずっと後ろにいたよ？　気付かなかったでしょ？」

「そんな馬鹿な……でも、いや、まさか……」

アリアが混乱している様子を見て、レイトはさすがに驚かせすぎたかなと反省する。そして彼女の背中から離れて謝《あやま》った。

「ご、ごめんねアリア。ちょっとした悪戯のつもりだったんだけど……」

「いえ、それは気にしてませんけど……不思議だわ」

アリアは、レイトがどうやって身を隠したのか分からず、ひたすら首を傾げていた。それから困惑したまま片付けを終えると、部屋を出ていった。

一人になったレイトは、アイリスと交信を行うことにした。

『アイリス～』

アイリスは嬉しそうな声音で返答してくる。

『はいはい。子供の演技をするのも大変かなと思っていましたけど、結構楽しんでますね。隠密《おんみつ》スキルを使って悪戯するなんて、子供そのものじゃないですか』

『うん、実は結構楽しんでる』

レイトは転生してからこの二年間、アイリスの指導によって複数のスキルを習得していた。隠密はその中の一つである。

この能力は極限《きょくげん》まで存在感を消すという暗殺者向けの技能スキルで、使用人達に見つからないように隠れていた結果、身に付けたものだ。

レイトは前から不満に思っていたことをアイリスに伝える。

『でもやっぱり、ずっと屋敷にいると暇なんだよね。鉄柵を越《こ》えて森を散策《さんさく》できればいいんだけど……』

レイトは一人で屋敷の敷地外に出ることは許されておらず、基本的には子供部屋だけで遊ばされていた。母親のアイラに敷地の外に出てみたいとせがんだこともあったが、それが叶ったことは一度もない。アイラによると、柵《さく》の向こうには危険な「深淵《しんえん》の森」が広がっているとのことだった。

レイトは頭の中で思い浮かべる。

『敷地の外はどうなってるんだろうな……』

『森は、レイトさんのお母さんが言っていたように非常に危険な場所ですよ。元々この屋敷は、隔離《かくり》すべき者を閉じ込めておくために作られた施設ですからね』

『そうなんだ。これじゃまるで囚人《しゅうじん》の監獄《かんごく》だね。でもさ、そんな場所に屋敷を建《た》てるのは大変だったんじゃない？』

レイトが疑問を伝えると、アイリスが答える。

『そうですね。森には魔物がたくさん生息していますし、普通の人間では、この屋敷には近付くことさえできないでしょう』

『魔物っていうと、ゴブリンとかオークみたいな？』

『はい、他にもユニコーンやドラゴンといった、レイトさんの世界にあった神話や幻想の生物が、こっちでは実在するんです』

　アイリスの説明はレイトにとって分かりやすいものだったが、屋敷の周りはずいぶんと恐ろしい環境のようだった。

『……危険極《きわ》まりないなあ』

『逆に言えば、この屋敷に隔離されている間は、危険な人間達がやってこないという意味で安全なのかもしれませんよ』

『だけど、なんで使用人まで住んでいるのかな。俺が隔離されるほど嫌われているとしたら、そんな待遇《たいぐう》は必要ないんじゃないの？』

『レイトさんは王族ですからね。いずれ利用価値が出てくると考えられているのかもしれませんし、簡単に死なれたら困るんじゃないんですか。そもそも、レイトさんは不遇職とはいえ、王家にとってはただ一人の男児なんですから』

　アイリスは神様みたいな力を持っているのに、ずいぶん俗《ぞく》っぽいことまで考えているのだなと感心しつつ、レイトは理解を示す。

『なるほど。とにかく森に入れない理由はよく分かったよ』

『十分に戦う力を身に付けるまでは、訓練を続けましょうね』

そうしてアイリスとの交信を終えたレイトは、それからも毎日訓練を続けていくのだった。

5

異世界に転生してから四年の歳月《さいげつ》が経過した。

レイトは4歳となり、身体が大きくなったことで行動範囲も広くなり、屋敷中の探検をするようになった。

そして今日もいつものように屋敷の探検をしていたら、屋敷の一室にあるタンスの裏に抜け道を見つけた。さっそくその抜け道を進んでみると、屋根の上にまで繋がっているのが分かった。

現在レイトは屋根の上におり、眼下《がんか》に広がる広大な森を見下《みお》ろしている。

「それにしても、あんな場所に抜け道があるなんて……」

屋敷の周囲には延々《えんえん》と森が広がっているだけであり、人工物は一切見当たらない。

　レイトは初めて見る景色に圧倒されていた。そして、いつかこの屋敷を抜け出すような日が来るのかなと考え、アイリスと交信する。

『アイリス、この屋敷にはまだまだ秘密がありそうだね』

『確かに屋敷の中には色々仕掛けが存在しています。レイトさんが通ってきたのは、万が一の場合を考えて用意された抜け道ですね』

　万が一と聞いて、レイトはアイリスに尋ねてみる。

『アイリスは、俺の未来を見ることはできないんだっけ？』

『はい。だからレイトさんが数秒後にここで足を滑《すべ》らせて死亡するとしても、事前に注意できないので恨《うら》まないでくださいね』

『そんな間抜《まぬ》けな死に方はしたくないな。それはいいとして……そろそろいい加減、魔法とか覚えたいなぁ』

『レイトさんはまだ4歳なんです。そんな未熟な身体で魔法なんて無謀《むぼう》ですよ。確かにたくさんスキルを覚えましたけど、レベルは1のままですし、魔法を扱うには危険です』

　アイリスの言うことはもっともだと、レイトは渋々《しぶしぶ》納得した。それでも魔法には興味があるので、さらに尋ねてみる。

『そっか……そういえば、俺の職業である支援魔術師は、どんな魔法が扱えるの？』

『あんまり期待しないほうがいいですよ。他の魔術師系の職業と比べると、少々変わってますから』

『詳しくは教えてくれないの？』

『今はスキルの習得に集中しましょうよ。今日はどのスキルを覚えますか？　命中のスキルは覚えたんですよね？』

上手く流されたような気がするものの、レイトは成長するまではスキルの習得に力を入れることにした。

レイトはアイリスの質問に、自信ありげに答える。

『まあね。だいぶ時間はかかったけど、昨日やっと覚えたよ』

レイトは命中のスキルを習得したときのことを思い出す。

二年ほど前から、レイトは自分の部屋の壁に描《えが》いた的《まと》へ向けて球を投げることを続けていた。使用人や母親は新しい遊びを見つけたと思っていたらしく、特に口出しされることはなかった。

そしてそれを地道にやっていたところ、つい先日、目隠しをしても的に当てられるようになり、命中のスキルを習得したという画面が表示されたのである。

命中――標的が動かない限り、確実に命中させる

これは「狩人《かりゅうど》」や「射手《しゃしゅ》」のような、弓矢を扱う職業の人間が覚えるスキルであり、文字通りに命中力を上昇させる効果を持つ。

努力が報《むく》われたことに嬉しさを覚えつつ、レイトはアイリスの指示を仰《あお》ぐ。

『さてと、次はどんなスキルを覚えるの？』

『遠視《えんし》のスキルです。視力を高めて遠方を確認するスキルですね。このスキルは命中を取得したときほど時間はかからないはずです』

『習得方法は？』

『観察眼のスキルを覚えたときみたいに、何も考えずに遠くを見てください。無意識になるまで遠くを見つめれば、その時点でスキルを習得できます』

『はいはい……』

アイリスの指示を受けて、レイトは無心で眼前の景色を眺《なが》め続ける。アイリスとの交信中は時間が停止しているので、いくら屋根の上にいてもアリア達に怒られることはない。

この何年かで、レイトはスキル習得のコツを掴んでいた。

それは同じ動作を繰り返し、無意識でもそれができるようになること。意識的にその動作をやってるうちはまだまだなのだ。そのことに気が付いたレイトは、無心で物事に取り組むことで数々のスキルを覚えてきた。

レイトは心を空《から》っぽにして、遠くを見つめたまま呟く。

『森が見える……鳥が飛んでる。それに蝶も見える……』

『観察眼のときのように、無理に言葉にする必要はありませんよ。今は遠くを見ることだけに集中してください』

『うん……』

時間が停止している間は目が疲れたりすることはない。それにもかかわらず、レイトの精神は疲労していく。

レイトは黙って風景を見続け、体感的には数時間ほど経過した。

やがて、彼の視界に画面が表示される。

〈技能スキル「遠視」を習得しました〉

『……あ、覚えた』

『おめでとうございます。こんなに早く覚えるなんてすごいですね。遠くを見るだけのスキルですが、何かと便利だと思いますよ』

『うん、ありがとう。疲れてきたから交信を切るね』

レイトはふらふらになりながらアイリスとの交信を絶《た》つと、安堵のため息を吐く。その直後、レイトの頭に鋭《するど》い痛みが走った。

「くっ……やっぱり、長く交信していると負担《ふたん》があるな……」

頭を押さえながら屋根の抜け道に戻ろうとしたところで、聞き慣れた声が彼の耳に届く。

「お、お坊ちゃま⁉　何をしてるんですか、そんなところで⁉」

「あ、やばっ……見つかったか」

レイトが屋根の上から声のした裏庭のほうに目を向けると、少し離れたところで花壇《かだん》の世話をしているアリアが見えた。

遠視のスキルのおかげなのか、憤怒《ふんぬ》の表情を浮かべているのまで分かる。

「こらぁっ‼　危険なことをしてはだめだと奥方様から言われたじゃないですか‼　ぷんぷんっ‼」

「ぷんぷんって……今下りるよ」

レイトが抜け穴に戻ろうとしたとき、強い頭痛がして眩暈《めまい》を覚える。

「うわっ……⁉」

そして、誤《あやま》って足を滑らせてしまった。

「きゃあああっ⁉　お坊ちゃまぁっ⁉」

アリアが悲鳴を上げる。

彼女は持っていたじょうろを放り投げると、レイトを受け止めようと駆《か》けだす。

しかし、間に合わない。

落下は免《まぬが》れないと思われたそのとき、奇跡的《きせき》にレイトは屋敷の側の林檎《りんご》の木の枝に引っかかった。

「ふうっ……危なかった」

「ええっ⁉　だ、大丈夫ですか、お坊ちゃま⁉」

林檎の木の下まで駆け寄ってきたアリアに向かって、レイトは軽く手を振る。

「平気平気……お母さんが林檎の木が好きで良かったよ」

裏庭に植えられた林檎の木は、アイラのために国王が新しく植えさせたものだと聞かされていた。

林檎はアイラの好物であり、国王はアイラと仲違《なかたが》いしながらも、アイラのことを色々と気にかけてくれているらしかった。

レイトは体勢を立て直し、地面に降りようとする。

が、その瞬間、レイトの引っかかっていた枝が折れてしまった。

「うわぁっ⁉」

地面に向けて、レイトの身体が落ちていく。

（まずいっ……‼　いくら受身と頑丈のスキルがあるとはいえ、この高さじゃ……‼）

地上までの高さは約5メートル。

レイトが咄嗟《とっさ》に頭を抱えたとき、アリアが手を伸ばして叫んだ。

「風の精霊《せいれい》よ‼」

その瞬間、彼女の手のひらから突風が放たれた。

風は下方向からレイトの身体を押し上げるように吹き荒《あ》れ、落下途中だったレイトの身体はふわりと持ち上げられた。

レイトが驚いてアリアに視線を向けると、彼女は既にレイトの足元に移動しており、両手を広げて受け止めようとしている。

「さあ、もう大丈……ぶぅっ⁉」

レイトはアリアに抱き着こうとして、誤って彼女の顔面を蹴飛《けと》ばしてしまった。

「あ、ごめんっ⁉」

顔を押さえてうずくまるアリア。風に吹かれながらゆっくりと地面に降り立ったレイトは、急いでアリアの顔を覗き込む。

「だ、大丈夫、アリア？」

「まったくもう‼　私がいなかったらお坊ちゃまは死んでいましたよ‼」

アリアは涙目になりながらレイトを怒鳴った。レイトは肩を縮こまらせて謝罪《しゃざい》する。

「ごめんなさい……」

それからアリアは、レイトをその場に正座させて説教をし始めた。

普通に考えれば、ただの使用人が主人の息子を叱《しか》りつけることは問題だ。しかし、二人の関係は主従を超えて親密《しんみつ》と言えた。だからこそアリアは、今回のレイトの軽率《けいそつ》な行動が許せなかったのである。

「お坊ちゃまはまだ子供なんですから、無茶なことは控《ひか》えてくださいᅳ……あなたにもしものことがあれば、奥様が悲しみますよ」

「うん、本当にごめんなさい……」

うなだれるレイトを見て、アリアはふっと肩の力を抜き、にっこりと微笑む。

「もう、反省したのならいいですよ」

「うん……あいてて っ」

アリアがレイトを立ち上がらせようとすると、レイトは長時間の正座で足が痺《しび》れていて、上手く立てずに転んでしまった。

それでたまたま、花壇に植えられている花がレイトの目に映った。三日月形《みかづきがた》の葉っぱが特徴的な、珍《めずら》しい花である。

「アリア、これはなんて名前の花？」

ふと気になって尋ねると、アリアは不思議そうに答える。

「あら？　お花に興味があるんですか？　これは正確に言えば花ではなくて薬草ですよ」

「薬草……？」

「はい、薬草はたくさんの種類が存在するんですけど、その中でもこれは回復薬の原料となるんですよ。ちゃんとした育成方法の知識と、栽培《さいばい》のスキルがないと育てられませんけど……」

「栽培か……アリアはそのスキルを持っているの？」

「私は森人族《エルフ》ですからね、植物のことには詳しいんです。薬草なんて子供の頃から育てていますよ。この花壇の植物はアイラ様に許可をもらって、私が栽培しているんです」

アリアが自慢げにそう言うと、レイトは目を輝かせた。

そして、アリアに飛び付いてお願いする。

「ねえねえ、それ教えて‼」

「えっ……教えてって。薬草の育て方を、ですか？」

「うん‼」

アリアは、レイトが薬草の手入れなんていう使用人の仕事に興味を持ったことにびっくりしていた。しかし、レイトの目は至って真剣である。

「さすがに使用人の仕事をさせるのは申し訳ないですし……」

「全然気にしないから！　ね、お願い！」

アリアはしばらく悩《なや》んでいたが、レイトの諦めの悪い性格を知っている彼女は、ため息を吐いてうなずいた。

「まあ、別にいいですけど……その代わり、もう魔法を見せてとは言わないでくださいね？」

「うん。さっき見たからもういいよ」

「い、一回見たらもういいんですか……分かりました」

レイトがあっさりとそう言うので、アリアは拍子抜《ひょうしぬ》けしてしまったようだった。

それから彼女は、自分が知る限りの薬草の知識をレイトに教えていった。こうしてこの日から、レイトは毎日花壇の世話を行い、薬草の栽培を手伝うことになったのだった。

6

さらに一年ほどの月日が経過し、レイトは5歳の誕生日を迎えた。

「「レイト様‼　お誕生日おめでとうございま〜す‼」」

「おめでとうございます、坊ちゃま‼」

「おめでとうレイト‼」

「皆、ありがとう‼」

屋敷の食堂で、レイトの誕生日パーティが開かれている。

食堂には、母親のアイラ、メイドのアリア、その他大勢の使用人達も集まった。彼等はレイトの職業が不遇職だからといって差別せず、レイトの成長を温かく見守ってくれていた。

父親から「呪われた子」と罵《ののし》られ追放されたレイトだったが、自分を受け入れてくれる人達がこんなにたくさんいることに感謝した。

母や大勢の使用人から祝福《しゅくふく》されながら、レイトは彼等からプレゼントを受け取る。

「レイト様、こちらをどうぞ。新しい玩具ですよ」

「ありがとう！　……鳥さんの木彫《きぼ》り？」

「いいえ、これは不死鳥《フェニックス》ですよ。伝説獣と呼ばれる、数百年前に実在した魔物です」

「へえ、伝説獣か」

続いて、別の使用人がプレゼントを持ってやってくる。

「レイト様、こちらも見てください‼　男の子なら皆大好きな七英雄《しちえいゆう》の雷帝《らいてい》の写真ですよ‼」

「写真？　こっちの世界にも写真を現像する科学技術が存在するの？」

「えっ……か、かがく？」

「あ、いや……なんでもないよ、ありがとう」

次々と使用人にプレゼントを渡され、一つひとつ丁寧にお礼を言っていくレイト。

アリアが木箱を差し出してくる。

「どうぞお坊ちゃま。この日のために私が作ったお守りです」

「ありがとう。これは硝子瓶《がらすびん》？」

「中に入っているのは、栽培していた薬草から作った回復薬です。万が一の場合に備《そな》えて、肌身離さず持っていてくださいね？」

「うんっ……」

（まさか誕生日会に薬を渡されるとは思わなかった……）

レイトはぎこちない笑みを浮かべてアリアからお守りを受け取る。

最後に母親のアイラの番となった。彼女は先ほどまで見せていた笑顔ではなく、真剣な表情を浮かべていた。

アイラが銀色に塗《ぬ》られた木箱を手にしながら告げる。

「レイト、これを受け取りなさい。でも、決して中身は見てはいけませんよ」

「お母さん？」

「これは、本当ならあなたが成人してから渡す予定でしたが……もう、あなたが所持しておくべきでしょう。鍵《かぎ》は私が預かっていますから開けることはできませんけど、大切に持っておきなさい」

「……はい」

レイトは戸惑いながらもアイラから小箱を受け取った。

母親の態度を不思議に思ったが、レイトはアリアからもらった回復薬の硝子瓶とともに、その小箱を大切にすることに決めたのだった。

◆
◆
◆

誕生会の翌日、レイトは裏庭の花壇で薬草の世話をしていた。

昨日アイラからもらった木箱が気になっていたが、彼女は彼が成人したら中身を教えると言っていた。この世界では15歳が成人年齢のため、木箱の中身が明かされるのは十年後である。

（アイリスに聞けば教えてくれるんだろうけど……）

薬草の手入れをしながらそう考えたが、結局レイトは母親との約束を守ることにして、木箱の中身についてはそれ以上考えないことにした。

薬草の世話を終えてから、アリアと一緒に遊ぶ。レイトが小さい頃、元の世界でよく遊んでいた遊びである。

「けん、けん、ぱっ」

「お上手ですよ、お坊ちゃま。でも、これはなんの遊びなんですか？」

レイトは地面に描かれた複数の輪《わ》の上を、片足だけで飛び回っていた。そして最後に、二つの輪に両足で着地し、また片足で移動していく。元の世界で子供の頃に祖父母《そふぼ》に教えてもらった遊びだが、ただ遊んでいるわけではなかった。先日覚えた跳躍《ちょうやく》のスキルの使用感を確かめるために、この遊戯《ゆうぎ》に取り組んでいたのだ。

「アリア、輪っかの間隔《かんかく》をもっと離してしまっていいよ」

「ええ？　でも、これ以上広げると、片足だけで移動なんてできませんよ？」

「大丈夫だよ」

レイトに言われたように、アリアはさらに間隔を空《あ》けて輪を地面に描いた。

輪の距離《きょり》は普通の子供の跳躍力なら決して届かないものになってしまったが、レイトは跳躍の技能スキルを使用して楽に飛んでしまう。

「けん、けん、ぱぁっ‼」

「うわ、すごい坊ちゃま⁉」

レイトは、片足だけの跳躍で一気に2メートル近くの距離を飛び越えてみせた。さらに連続でジャンプを繰り返し、次々と輪を跨《また》いでいく。

無事に最後の輪っかまで移動を果たしたレイトに、アリアは驚きの表情を浮かべて拍手《はくしゅ》を送る。

「坊ちゃま、運動神経が良いんですねぇ。びっくりしました」

「えへへ……」

アリアに褒められ、照れ笑いをするレイト。

（元々この跳躍のスキルはアリアに追いかけ回されていたときに偶然習得したんだけど……意外と使い勝手が良いのかも？　以前、アイリスは身体能力が上がると効果まで上がるスキルもあるって言っていたけど、この跳躍のスキルがそれみたいだな）

その一方で、レイトの脳内に一つの疑問が湧《わ》いてくる。

（でもこれって、けんけん以外に役立つことがあるのかな？）

考え込んでいると、アリアがレイトのもとに近付き、不思議そうに尋ねる。

「それにしても、坊ちゃまは本当に変わっていますね。どうしてこんな遊びを生み出せるんですか？」

「別に僕が考えたわけじゃないけど……まあ、気にしないでよ」

「気にしますよっ。あ、そうだ、私がしていた子供の頃の遊びを教えましょうか？」

そう言ってアリアは、笑みを浮かべた。

「アリアの？」

「森人《エルフ》族の遊戯なんですけどね……」

アリアは地面に人がひとり入れるほどの三角形を刻《きざ》み、レイトをその中心に立たせた。

レイトが不思議そうに目を向けると、アリアは説明し始める。

「これは森人《エルフ》族の子供なら誰もが一度はしたことのある遊びです。まあ、元々は森人《エルフ》族の戦士の戦闘訓練だったんですけど、いつの間にか子供が真似《まね》して遊ぶようになったんです」

「へえ、戦闘訓練だったんだ」

「ルールは簡単です。その三角形の外に出ないように立ち続けられれば坊ちゃまの勝ちです。私が坊ちゃまを出そうと邪魔《じゃま》をしますから、気を付けてくださいね」

「邪魔って、どうやって？」

「怖《こわ》がらなくても大丈夫ですよ。邪魔する人は相手に直接触ってはいけませんし、道具も使えません。ただし……魔法はありですけどね‼」

そう言うとアリアはレイトに手のひらを向け、かつて屋根から落ちた彼を救ったときと同じく、強風を放った。

「わあっ⁉」

いきなり吹き荒れた風に耐え切れず、レイトは三角形から押し出され、尻もちを突いてしまった。

アリアは笑みを浮かべて、彼に手を差し出す。

「はい‼　お坊ちゃまの負けで～す‼　どうでしたか？　森人族《エルフ》の遊戯は？」

「こんなのどうしようもないよ！　あんなに見せるのを嫌がっていた魔法まで普通に使ってるし、子供相手に大人げないなぁっ」

レイトがアリアの手を掴んで立ち上がりながら文句を言うと、アリアは頬を赤くして言う。

「な、何を言うんですか‼　一応は手加減しましたよ‼」

アリアにも大人げなかったという自覚はあるらしい。顔を赤くしたまま、レイトの服に付いた土を丁寧に払った。

そのときレイトは、アリアに勝てるかもしれない考えをふと思いついた。彼は再び地面に刻まれた三角形の上に立ち、アリアにお願いする。

「ねえ、もう一回やっていい？」

「え、気に入ったんですか？　まあ、別にいいですけど……」

アリアは驚いたものの、レイトのやる気満々な姿を見て、彼が飽《あ》きるまで付き合うことにしたのだった。

それから一時間ほど森人族《エルフ》の遊戯を続けたが、レイトがアリアの風に耐え切れたことは一度もなかった。

レイトの身体は、何度も地面に転んだことで泥《どろ》だらけになっている。

「アリア‼　もう一度‼」

それでもレイトは、一向にやめようとしない。アリアは最初こそ楽しんでいたが、何度も魔法を使用したこともあって、その顔に疲労の影が見えていた。

「はぁっ‼」

アリアが掛け声とともに、本日何十回目かの突風を発生させる。レイトは足を踏ん張って懸命《けんめい》に耐えていたが、やはり吹き飛ばされてしまった。

「うわっ‼　……もう一回‼」

レイトはすぐさま起き上がり、三角形の中へ戻る。

アリアがげんなりしたように言う。

「もうやめましょうよ、坊ちゃま。最初いきなり吹き飛ばされたことに怒っているのなら、謝りますから」

「そんなんじゃない‼　もう少しだから、ほら、続けて‼」

「こ、これが最後ですよっ⁉」

アリアが再び突風の魔法を放った。

レイトは身体を低く構え、彼女の風圧を受ける。段々慣れてきたこともあり、両足でしっかりと踏み留《とど》まっていた。

「やりますね、坊ちゃま……それなら手加減はしませんよ‼」

「くうっ……⁉」

風圧がさらに強まり、レイトの身体がぐらりと揺《ゆ》れた。

そのまま体勢を崩しそうになるが、なんとか踏み留まる。レイトは、徐々に風圧に耐えられるようになっていることを実感していた。

（思った通りだ‼　この一時間で、風の衝撃を受け流せてきている‼　跳躍のスキルみたいに、受身のスキルも身体を鍛えることで向上するんだ‼）

そしてレイトが風の衝撃をいなせるようになると、彼の視界に画面が表示される。

〈戦技「回し受け」を習得しました〉

その文字を見たレイトは、本能の赴《おもむ》くままに両手を前に差し出し、円を描くように回転させた。

「はあっ‼」

「わあっ⁉」

その瞬間、アリアの放っていた風が周囲に拡散《かくさん》し、アリアは体勢を崩してしまう。

「やった……風を受け流せたっ」

レイトが拳《こぶし》を振り上げて弾んだ声を出す。一方アリアは、驚愕《きょうがく》の表情を浮かべていた。

「な、なんですか、今のは……いったい何をしたんですか、坊ちゃま⁉」

「あ、えっと……」

自分の魔法を掻《か》き消されたことで、アリアは混乱していた。

レイトはどう説明すればいいのか悩んだが、結局、正直《しょうじき》に伝える。

「えっと……回し受けというスキルを覚えたんだけど……それを使ったら風を掻き消しちゃったんだ」

「ま、回し受け？　確かそれは格闘家が覚えるスキルのはず……いや、おかしいですよ‼　どうして不遇職の坊ちゃまがそんな技を……」

「えっ……」

アリアがはっとした表情をする。そして慌てて両手で口を押さえた。

「あっ……ご、ごめんなさい‼　私、そんなつもりじゃ……」

アリアは自分の口から「不遇職」という言葉が出てしまったことに動揺しているようだったが、レイトは彼女以上に衝撃を受けていた。

「ごめんなさい坊ちゃま……私はなんてことを……」

アリアはすぐにレイトに近付き、彼を抱きしめて涙を流す。

つい口に出てしまっただけであり、アリアにレイトを蔑《さげす》むつもりがないことは、レイトにも分かっていた。しかし、アリアのように身近な人でも内心ではそう思っていたことを知って、レイトは驚き、そして深く傷付いてしまったのだった。

レイトは遠くを見つめるようにしながら、アリアに告げる。

「いや、別に気にしてないよ……それよりも服が汚れちゃう」

「ごめんなさい……本当にごめんなさい……」

アリアはレイトから離れようとせず、ずっと涙を流していた。

レイトはアリアを抱きしめ返しながらも、この世界を訪れて初めて、自分の職業が不遇職であることを惨《みじ》めに感じるのだった。


シャワーで身体の汚れを綺麗《きれい》に流したあと、レイトは自室に戻る。

「今日はもうこれ以上訓練する気になれないな」

独《ひと》り言《ごと》を言いながらベッドに倒れ込み、そのままアイリスと交信を始める。

『アイリス』

『……気が紛《まぎ》れるなら話し相手になりますよ。どうしました？』

『すごく……虚《むな》しいんだ』

アイリスの問いかけに、レイトは正直に自分の気持ちを伝えた。

周囲の人々が普通に接してくれていたので忘れていたが、彼は本来、差別されてしかるべき人間である。生まれが王族だったことで、母親とともに何不自由ない生活を送れているけれど、もしも一般家庭に生まれていたら……

レイトはアイリスに尋ねる。

『結局、俺が大切に扱われるのは、現国王の唯一の息子だからなんだよね……』

『残酷《ざんこく》なようですが、その通りです。レイトさんが現在の立場を失ったら、命の保証はありません。そのことは忘れないでください』

◆　◆　◆

アリアとの一件があった翌日、レイトは自室に引き籠《こも》り、アイリスと次のスキルを覚えるための交信を行っていた。

『アイリス、次はどんなスキルを覚えたらいい？』

『いや……まあ、別に助言するのはいいですけど、ずいぶんと明るいですね。もう立ち直ったんですか？』

『正直言うとまだ落ち込んでるよ。けど、今は他のことに集中したい気分なんだ。それに、早く強くならないと』

レイトがこれまでに覚えたスキルの数は、既に通常の人間が一生で覚えられる量をはるかに超えていた。しかし、不遇職の彼が生き抜くにはもっと修業が必要だ。昨日、アイリスに言われたように、レイトの命は保証されていないのだから。

意気込む彼の頭の中に、アイリスの明るい声が響く。

『なるほど、それなら本格的に次のステップに移行しましょうかね』

『次のステップ？』

『そろそろレイトさんもご自身の職業の能力を覚えましょう。今回は割と早く習得できると思いますよ』

『え？　ということは……魔法？』

『さすがに魔法はまだ無理ですけど、錬金術師のスキルなら今の段階でも問題ないはずです。さっそく準備をしましょうか。まずですね……』

それからアイリスの指示を一通り聞き終え、レイトは交信を切った。

自由に動けるようになると、レイトはすぐに子供机に置かれている金属製のフォークとナイフを手に取る。

「自分の部屋で朝ごはんを食べていてラッキーだったな……」

アリアと顔を合わせるのが気まずくて、朝食を自室でとっていたのだが、それが功《こう》を奏《そう》した。これからしようと思っていることに、ちょうどフォークとナイフが必要だったのだ。

「でも、本当に上手くいくのかな？」

レイトは、アイリスから伝えられた今回覚える予定の錬金術師専用のスキル、「金属変換」「形状変化」「物質強化」の三つの説明を思い出す。

（アイリスによると、「金属変換」は金属を別の金属に変換するスキル、「形状変化」は物体の形を自由に変えるスキル、「物質強化」は物質の耐久性を上昇させるスキルだっけ。

まずは、金属変換から試そう）

レイトはナイフを握りしめ、このナイフはダイヤモンド級の硬度《こうど》の金属で構成されている、と想像して瞼《まぶた》を閉じた。

（ナイフがダイヤモンドみたいになって、硬《かた》く、鋭くなるイメージ……）

しばらくしてレイトは目を開ける。そして、玩具にしていた木彫りの人形に向かって、そのナイフを突き刺す。

「うわ、すごいっ……」

ナイフはいとも簡単に人形の胸元に突き刺さり、ほとんど抵抗なく背中まで貫通してしまった。テーブルナイフでは考えられないほどの切れ味だ。ナイフの刃の部分は、名工に鍛え上げられたかのように鋭く光っていた。

「ずいぶん鋭くなってるな。金属変換だけじゃなくて、形状変化のスキルも無意識のうちに使っていたのか。いやでも、このままだと危険だ。よいしょっと」

レイトは慎重《しんちょう》にナイフを引き抜き、今度は目を開けたまま、ナイフが元に戻るように念じる。

するとナイフは、レイトの目の前で変形を始め、元のテーブルナイフに戻っていった。

一息吐いたところで、レイトの視界に画面が現れる。

〈錬金術師専用スキル「金属変換」を習得しました〉

〈錬金術師専用スキル「形状変化」を習得しました〉


「えっ、もう覚えたの？　一分くらいしか経ってないよ？」

あまりに簡単にスキルを習得できてしまったことに驚きつつも、レイトは気持ちを落ち着ける。そして、最後に残された物質強化を覚えるため、今度はフォークを握りしめた。

アイリスの助言通り、レイトはスキルの発動を試《こころ》みる。

「えっと……材質とか複雑なことは考えずに、手にした物が丈夫になってほしいと考えればいいんだよな……」

単純にフォークが丈夫になることだけを考えながら、レイトはフォークを握りしめる。

それから彼は先ほどのナイフを構えると、フォークに向けて振り下ろした。

「えいっ!!」

ガキン！　という金属音が鳴り、ナイフは勢いよく弾かれてしまった。ナイフの切っ先を確認すると、刃こぼれを起こしている。それにもかかわらず、フォークのほうには傷一つ付いていなかった。

「ナイフの金属変換は解《と》けているから、フォークと同じ材質のはず。それなのに、こんな

に耐久度が違うのか……」

〈錬金術師専用スキル「物質強化」を習得しました〉

レイトの視界に画面が表示される。ものの五分もしないうちに、レイトは三つのスキルを習得してしまった。

「自分の職業に向いているスキルは覚えが早いってことか……」

あっさりとスキルを覚えられたことが嬉しくて、レイトはウキウキした気分で、アイリスに呼びかける。

『アイちゃ～ん』

『誰がアイちゃんですか！』

レイトの頭の中に、アイリスのツッコミを入れる声が響いた。

『あ、通じたよ。名前をちゃんと呼んでないのに』

『何度も交信していますから、波長《はちょう》がだいぶ合ってきたようです』

『そういうものなんだ』

会話もそこそこに、レイトは錬金術師について尋ねてみる。

『どうして錬金術師が不遇職と呼ばれているのか教えてほしい。正直この能力、そんなに役に立たないとは思えないんだけど』

アイリスはレイトの質問を予期していたように、すらすらと答える。

『確かに、錬金術師の能力自体は優《すぐ》れています。先ほどレイトさんが試していた通り、金属変換を利用すれば、どんな金属でもこの世界で最高の硬度を誇《ほこ》る金属に変換できるでしょう。でも、その能力は一時的なもので、時間が経過すれば自動的に解除《かいじょ》されてしまいます』

『そうなの？』

『今のレイトさんの能力の場合だと、一分程度が限界でしょうね。それと、この世界に存在する最高硬度の普通の金属は鋼鉄ですから、鋼鉄以上に硬い金属には変換することはできません……この世界の人間にはね？』

『…………？　あ、そうか！　俺が元々住んでいた世界では鋼鉄よりも硬い金属がある！ということは……』

『そう、元の世界の知識を持つレイトさんなら、ただの金属を鋼鉄以上の硬さにすることだって可能なんです。レイトさんが錬金術師の職業を得られたのは、逆にラッキーだったかもしれませんね。この世界の人間にはできない金属変換を行えるんですから。ですが……魔法金属であるミスリルやオリハルコンには変換できません』

『それの何がまずいの？』

いまいち理解できないといった様子のレイトに、アイリスが説明する。

『こちらの世界では魔法金属が主流なんですよ。大体の魔法金属は鋼鉄以上の硬さですし、魔法金属製の武器だって大量に存在します』

『なるほど……』

『それに、錬金術師は魔術師系の職業なので、格闘家、戦士、騎士などに比べて身体能力がかなり低いんです。だから強力な武器が作れても、剣士のように剣を使ったり、騎士のように槍を使ったりするのには向いていません。また、武器を作ったところで鋼鉄製がいいところ。相手が魔法金属製の武器を持っていたら……一発で叩き折られます』

『マジっすか……』

どうやら金属変換はそれほど良いスキルではないのかもしれない。そう思ってがっかりしたものの、レイトは気を取り直して尋ねる。

『でも、形状変化と物質強化は？　この二つのスキルは役立ちそうじゃない？』

『……レイトさんが形状変化を試した子供用のフォークとナイフ。あれは、比較的柔らかい金属だったので分からなかったかもしれませんが、この二つのスキルは熟練度《じゅくれんど》が低いと上手く発動できないんです』

『え？　熟練度？』

アイリスはさらに説明を続ける。

『ステータス画面を開いてください。その中に「専用スキル」の項目が増えているはずです』

レイトがステータス画面を開くと、新しい項目が追加されていた。

専用スキルというその項目の欄には、先ほどレイトが習得した三つのスキルが表示されており、「熟練度」と記載されている。

【錬金術師専用スキル】
金属変換――対象を別の金属に変換する〔熟練度：5（最大値）〕
物質強化――物体の耐久力を強化する〔熟練度：1〕
形状変化――物体の形状を変化させる〔熟練度：1〕

『本当だ。なんか変な文字がついてる……消えないかな』

レイトが邪魔そうに言うと、アイリスからツッコミが入る。

『いや、画面を擦《こす》ろうとしても消えませんよ！　というか、時間停止していますから身体は動かないでしょ』

『くそうっ。それで、この熟練度にはどんな意味があるの？』

『専用スキルなどの特殊なスキルだけにつく数値で、そのスキルをどれだけ使いこなしているかを意味しています。数値が高いほど効果が大きくなり、スキル発動時の負担も軽減《けいげん》されます。ちなみに熟練度は五段階に分かれていて、最大が5です』

『受身とか跳躍のスキルと、なんだか似ているね』

『受身や跳躍のスキルといった技能スキルには、熟練度は存在しません。あれらは単に、レイトさんの使い方が上手くなっているということですね』

『なるほどね。熟練度っていうのは、ゲームで言うと魔法のランクみたいなものか』

そう言ってレイトが納得していると、アイリスがアドバイスをくれる。

『錬金術の三つのスキルの中でしたら、形状変化の熟練度を優先的に上げるのがおすすめです。熟練度を上げれば、金属以外の物体も変化させられるようになりますから』

『分かった……あれ？　金属変換はもう5になってる』

物質強化、形状変化の熟練度は1だったが、金属変換はさっき最大と言われた5と表示されていた。不思議に思っているレイトに、アイリスが告げる。

『まあ、別にそれほど変なことじゃありませんよ。レイトさんには既に様々な金属の知識があって、この世界には存在しない金属にまで変換できてしまったんですから』

金属変換があまり役立たないと知ってしまった今となっては、最大値だと聞いても喜んでいいのか微妙《びみょう》だが……それはさておき、レイトは残りの二つの能力について尋ねることにした。

『じゃあ、形状変化と物質強化の熟練度はどうやれば上げられるの？』

『普通にスキルを使い続ければ上昇します。暇なときにでも、スキルの練習を行ってみたらどうですか？』

『分かった』

アイリスとの交信を終了させると、動けるようになった。

さっそくレイトはスキルの熟練度を上昇させるために、練習してみることにする。比較的簡単そうな物質強化を、手元のフォークに発動させてみる。

しかし、フォークにはなんの変化も起こらなかった。

「あれ、上手くいかない。ああ！　さっきの効果が完全に切れていないのか」

レイトは、アイリスとの交信中で時間が停止していたこと、そしてフォークに物質強化を施《ほどこ》してあったことを思い出す。

「物質強化の重《かさ》ねがけはできないってことね。そういえば、アイリスは一分くらいで切れるって言ってたな。じゃあ、待っている間にナイフを形状変化させよう」

レイトはナイフに形状変化を試してみたのだが、思うように変化させることはできなかった。先ほどのように刃を鋭くするくらいはできても、刃自体を曲《ま》げることはできない。

何度も失敗するうちに、ふと思いつく。

「硬い物体だと形状変化は難しいよね。だったら金属変換とは相性が悪いか……いや、そうじゃない。これまでとは逆に金属の硬度を下げれば、形状変化させやすくなるってことだよな」

レイトはそう独り言を言うと、金属変換でナイフを柔らかいアルミにしてみた。そして再び、形状変化を試してみる。

ナイフはやすやすと曲がり、刃の形を草刈り鎌《がま》のように変化させることができた。

「やった‼　あとはもう一度金属変換を発動して、硬度を戻すと……」

レイトが金属変換を行うと、ナイフは変形した状態のまま元の材質に戻った。

「すごいな……最初からこんな形みたい……あっ⁉」

だが、少し時間が経過すると刃にヒビが発生してしまった。そして、パリンと音を立てて、刃の部分だけ砕け散ってしまう。

「ああっ……失敗か」

形状変化の熟練度が低いことが原因なのか、あるいはナイフの刃に負担をかけすぎたのか。確かな原因は分からなかったが……しかしそのことを考える前に、レイトにはもっと差し迫《せま》った問題があった。

「うわっ！　このままじゃお母さんに怒られる。いや、その前にどう説明しよう」

レイトは床に散らばったナイフの刃の破片《はへん》を注意深く拾い集める。そして、全ての破片を拾いきったところで、不意に思いつく。

「あれ？　この状態で形状変化って発動できるのかな」

さっそくレイトは手のひらに意識を集中させると、破片の全てに形状変化を発動させてみた。

「わっ、気持ち悪っ!!」

手のひらの破片の一つひとつが生物のように動いている。

レイトは、うごめくナイフの刃の破片を振り払おうとして、咄嗟に思い留まった。そして、そのまま破片を一ヶ所に集めて、結合させようと形状変化を続ける。

しばらくすると、歪《いびつ》な形ではあるが、全ての破片を元のように繋ぎ合わせることができた。

さらにナイフの柄に合わせて、刃の部分を両手で包み込む。そうして形状変化で結合させてみると、ナイフは再び割れる前の姿に戻った。

「やった……成功かな？」

その直後、レイトの視界に画面が表示された。


〈技術スキル「修正」を習得しました〉

「なんだ、これ？」

それまでステータス画面には存在していなかった「技術スキル」という項目が表示されている。不思議に思ったレイトは、ステータス画面を開く。

新たに覚えた修正のスキルが追加されていた。

【錬金術師専用スキル】
金属変換――対象を別の金属に変換する［熟練度：5（限界値）］
物質強化――物体の耐久力を強化する［熟練度：1］
形状変化――物体の形状を変化させる［熟練度：1］

【技術スキル】
修正――破壊された金属を結合させ、復元する

「熟練度が表示されてないな。この技術スキルっていうのは、スキルを工夫すると獲得《かくとく》できる特別なスキルっぽいね。まあ、ともかくナイフは修正できた。なんかちょっと形が変わっちゃったような気がするけど、バレないよね」

これで、アリアやアイラから怒られることは避《さ》けられた。レイトはそう考えて胸をなで下ろす。それからレイトはナイフの刃に視線を向け、ふと・・・あることを思いつく。

「……これ、いけそうだな」

レイトは再びナイフに形状変化を使用してみた。

しかし、熟練度が低いのが原因なのか、レイトの考えは上手くいかなかった。ナイフの刃は奇妙な形に変形するだけで、目的の物にはなっていない。

「くそぅ、しばらくは特訓だな」

彼はこの日から、形状変化のスキルを極めるために、ありとあらゆる物体に形状変化を実行する日々を送り、数々の事件を巻き起こすのだった。

あるときは、玩具に形状変化を施してぐちゃぐちゃにしたまま元に戻すのを忘れたために、アリアから途轍《とてつ》もない握力《あくりょく》の持ち主だと疑《うたが》われ、アイラからは心に大きな闇を抱えているのではないかと心配された。

またあるときは、形状変化の効果を確かめるために地面に発動させたら、巨大な落とし穴が形成されてしまい、洗濯《せんたく》物を干《ほ》しに来たアリアをそこに落としてしまった。

そしてまたあるときは、敷地を囲む鉄柵に形状変化を使用しているところを発見されてしまい、鉄柵に近付かないようにと説教され、しばらく屋敷から外出するのさえ禁止された。

それでもレイトはめげることなく、修業の日々を送るのだった。

◆　◆　◆

そういった数々の事件を乗り越え、半年が経過した。

ついにレイトは、形状変化の熟練度を最大値まで上げることができた。ちなみに、並行して特訓していた物質強化も最大値を達成している。

そして彼は今、修業の成果を試すため、誰もが寝静まった時間帯の食堂に忍《しの》び込んでいた。

「くっくっくっ……形状変化を極めた俺に、鍵などなんの意味もないわ」

悪役のような台詞《せりふ》を吐きながら、レイトは隠密のスキルを発動して食堂までたどり着く。

彼の手には、鍵の形に変化させたフォークが握りしめられていた。

そう、半年前にレイトが考えていたあることとは、形状変化で鍵を作るということだった。

フォークを使って食堂の鍵を開けると、レイトはそのまま厨房《ちゅうぼう》に向かった。その目的は、包丁である。さっそく厨房で包丁を手に入れ、レイトは形状変化のスキルを発動させる。

包丁は刃の部分が、激しく振動していた。

「熟練度を上昇させたら、こんなことまでできるようになるとはね」

レイトは高速で振動する包丁の刃を見ながら、アイリスと一緒に形状変化を訓練したときのことを思い出す。

形状変化のスキルを覚えたばかりの頃、ナイフの形を変化させることに苦労していたレイトに、アイリスが助言をくれたことがあった。

『形状変化に苦戦しているようですね。そういうときは、レイトさんの元の世界にあったメトロノームを思い浮かべてみると良いですよ』

『メトロノームって……あの音楽室にあるやつ？』

『そうです。一定の間隔で振り子が動くアレです。あ、別にふざけているわけじゃないですよ？　メトロノームを想像しながら、ナイフの刃を左へ右へと、一定のリズムを取って曲げてみてください』

『なんで？　これになんの意味あるの？』

『いいから、騙されたと思ってやってください。最初は曲がる角度を大きくしてゆっくりと。それで慣れてきたら徐々に角度を小さくして、曲げる速度を早めてくださいね』

レイトは疑問を抱きながらも彼女に従い、メトロノームの振り子のように、ナイフの刃を一定のリズムで規則的に曲げていった。

最初のうちは、刃の角度を大きくしてゆっくりと動かし、日が経過するごとに、段々刃の曲げる角度を小さくして速度を早めていく。

訓練を続けて一週間ほど経過したとき、熟練度が急激《きゅうげき》に上昇した。

熟練度が上がると、ナイフの曲がる角度も大幅《おおはば》に小さくなり、刃の移動速度も初期の頃と比べると倍近くも早くなった。

それから一ヶ月後、形状変化の熟練度は4まで上昇した。この時点になると、ナイフは残像《ざんぞう》が見えるほど速く動き、空《くう》を切る音が響くようになる。

訓練から二ヶ月が経過した頃、ついに形状変化の熟練度が5となり、レイトはナイフを高速で縦に動かすことで超振動《ちょうしんどう》させられるようになっていた。


修業の回想を終え、レイトは改めて包丁に目を向ける。

「アイリスは、ただ効率の良い修業方法だとしか思っていなかったみたいだけど、こんなに高速で振動させられるなら、武器としての切れ味も上がるんじゃないかな？」

そう独り言を言うと、レイトは周囲を見渡す。そうして、切りつけても問題なさそうな物がないか探《さが》した。

「この使っていない椅子《いす》でいいか。まあ、壊《こわ》しても修正の技術スキルで復元できるんだけど」

レイトは、超振動する包丁を構える。

「漫画とかゲームとかだと上手くいっていたけど……どれくらい効果があるかな？」

そうしてレイトは、包丁を振り下ろす。

椅子の脚に、包丁の刃が振れた瞬間——

「ていっ……うわっ⁉」

感触《かんしょく》がなさすぎてよく分からず、大きく振り抜いてしまった。

切断された椅子の脚が床に転がり、椅子が倒れそうになる。レイトは咄嗟に椅子を支えようとしたが、その際に包丁を手放してしまった。

「あ、やば！」

落下した包丁が床に突き刺さる。

超振動している刃は一気に根本まで床に刺さり、しばらく震えていたが、レイトの手元から離れたことで効果を失ったのか、やがて普通の包丁に戻っていった。

レイトはその光景を呆然と見つめていた。

「……危なかった。これは危険すぎる」

レイトは修正のスキルで椅子の脚を修復《しゅうふく》すると、床に刺さった包丁を無理やり抜き取る。

そして、その刃を見つめた。

「でも、この力があれば、魔物とも戦えるかもしれないな」

レイトは包丁を持ち帰らずに厨房に返す。そして、そのまま自室に戻ることにした。

この世界には、ゴブリンやオークといった危険な魔物が存在している。レイトはまだ遭《そう》遇《ぐう》したことはないが、いずれはそういった魔物と戦うことになるかもしれない。そのときまでに、生き抜くための力を身に付ける必要がある。

レイトは色々と考え事をしながら、食堂の扉に手をかける。

「それにしても、形状変化は便利だな。これさえあればどんな鍵も作れるし」

食堂から出て、扉の鍵穴《かぎあな》にフォークを差し込み施錠《せじょう》する。

レイトが隠密のスキルを発動して、自分の部屋に戻ろうとしたとき、ふととある部屋が目に入った。

今までアリアに阻《はば》まれて近付けなかった書庫である。

「昔から書庫に入ろうとするたびにアリアに邪魔されてたけど、今はアリアはいないし、鍵だって作れる……」

レイトは、書庫にどんな書物が置かれているのか興味を抱いていた。

魔法に関する本とかあったら嬉しいな。そんな軽い気持ちでフォークを鍵穴に差し込み、鍵の形に変形させて扉を開ける。

「お邪魔しま～す……あれ、なんだここ？」

部屋の中は暗闇で覆われていた。しかし、レイトは暗視のスキルを持っているため、どんなに暗くても、室内を見渡すことができる。

書庫はレイトの予想に反して非常に小さく、子供部屋よりも狭かった。

「書庫というよりは、小さな書斎って感じだな……」

ざっと部屋を見回すと、本棚《ほんだな》は一つしか存在しなかった。彼はその本棚に近付いて、置かれている本を確認する。

「なんだこれ……全部、真っ黒だ」

本棚にある書物は、全て表紙が黒く染められていた。手に取って見てみたが、書名も刻まれていない。

レイトは不思議に思いながら、その中の一冊を開く。翻訳スキルのおかげで、内容を把握することができた。

だが、その中身を確認した瞬間、彼は驚愕してしまう。

「これは……⁉」

その本には、過去に存在した王族や大臣の名前とともに、彼等の死因が記されていた。

それだけならば、特に大きな問題はない。

だが、彼等の死因の欄のほとんどには、「暗殺」と書き記されていた。さらには、どのような方法で殺されたのか、詳細な情報まで書き込まれていたのである。

その情報は、殺した当人でしか知りえないような詳しいものだった。

「つまり、暗殺を実行した人間が直接書いたってこと⁉　同じ装丁《そうてい》ってことは、本棚にある全ての本が、これと同じように暗殺した人間について書かれているんじゃないか……？」

レイトは次々に違う本を手に取ってパラパラとめくっていく。やはりどの本にも、王族の名前とその死因が書かれていた。

「アリアがこの場所の立ち入りを禁止するわけだ……ん？」

偶然手に取った本の最後の頁を見て、レイトの手が止まる。

レイトは声を震わせた。

「嘘だろ……お母さんに俺の名前まで書いてある」

そこには、アイラ、そしてレイトの名前が記されていた。

死因の欄は空白《くうはく》のままだった。しかし、いずれ二人は殺され、この書物に暗殺方法が書かれるのではないか……

そう考えて、レイトは呟く。

「最悪だな……だけど、俺等以外にも死因が書かれていない人が結構いるな。この人達は問題を起こさなかったから殺されなかった、ということなのかな……」

レイトとアイラも名前が書かれているだけで、確実に暗殺されると決まったわけではない。

それでもレイトは、見てはいけない闇の部分を知ってしまったと感じた。急に怖くなった彼は、慌てて書物を本棚に戻し、誰かに見られる前に部屋から抜け出した。

自室に戻り、アイリスと交信する。

アイリスに書庫で目撃した本のことを話すと、彼女は驚きもせず、最初から全てを知っていたかのように言う。

『そうですか……ついに秘密を知っちゃったんですね。レイトさんが目にした書物は、国の重要人物を殺害した暗殺者の報告をまとめたものです』

『どうしてそんなのがここに……いや、ここだからか……』

『そういうことですね。この屋敷は外部から隔離されていますから、王国の闇を隠すには最適なんです。仮に書庫の存在を知られても、この屋敷の敷地からは出ることはできませんからね』

屋敷が外部から隔離されていて出られないと聞き、レイトは今さらながら驚く。

『そうなのか……え？　でも、それならどうやって俺達は生活しているの？　屋敷には毎日のように食料や日用品が補給されてくるけど』

『物資の補給は、屋敷の地下に隠されている倉庫で行われています。地下には、転移魔法陣と呼ばれる魔法陣があって、それで補給品が送り込まれるんです。ちなみに、転移魔法陣で生物を送ることはできません。レイトさんがこの屋敷に移動したときは、空から飛行船でやってきたんですよ』

当時レイトは赤子の状態で眠っていたので、どうやって屋敷まで来たのかはよく分かっていなかった。

レイトは驚きながら、アイリスに尋ねる。

『飛行船？　そんな物まであるんだ？』

『レイトさんの世界の飛行船とは根本的に製造技術が異なりますけどね。ともかく、この屋敷の敷地に侵入《しんにゅう》、もしくは脱出するには、陸路《りくろ》ではなく空路《くうろ》を利用しなければならないんですよ』

『マジか……空を飛ぶ練習をしないと』

唖然《あぜん》としていると、アイリスが話題を変え、妙なことを言ってくる。

『それはともかく、形状変化を利用した攻撃は面白《おもしろ》かったですね。こちらの世界の人間には考えつきませんよ、あんな方法。この際「剣術」スキルを覚えたらどうですか？』

アイリスは、レイトが食堂で振動する包丁を使ったことを言っているらしい。レイトは護身術《ごしんじゅつ》程度には使えるかもとは思っていたが、そこまで本気で考えていなかったので、少しびっくりしてしまった。

『俺、魔術師じゃないの？』

『別に、戦士や剣士のスキルを覚えられないわけではないですし、努力すれば剣士の戦技を覚えることも不可能ではありません。習得に苦労するのは間違いないでしょうけど、覚えたら便利なスキルはありますよ。レイトさん、案外向いているんじゃないですか？』

アイリスの言葉に、レイトはしばらく考え込む。しかし、自分が不遇職であることを思い出してアイリスに尋ねる。

『だけど、本職の人と比べたら運動能力は低いんじゃないの？』

『身体能力を強化させるスキルもありますから、その辺のスキルを一通り覚えて補助しましょう。場合によっては、これまでに覚えたスキルを利用して、新しい剣法を生み出せるかもしれませんよ？』

『剣法ね……まあ、剣は少し憧《あこが》れてたかな』

レイトの声音が、心なしか弾んだものになる。彼は漫画やゲームの影響もあって、子供の頃から、剣を扱う主人公に憧れを抱いていたのだ。

『でも、現実的に考えて今の俺は5歳児だし、剣を扱うのは早すぎるんじゃないかな』

『最初から本格的な訓練を行うのではなく、チャンバラごっこでもいいですから、常日頃から剣に触れておきましょう。アリアさんに頼んで、薪《まきわ》割り用の薪を加工してもらえば、木刀代わりにはなりますよ』

『薪割りか……そういえばアリアがやってたな』

薪を用意しているのは、アリアだった。彼女は意外と力が強く、いつも斧で薪を叩き割っていた。レイトはそんな光景を思い出し、明日に彼女に頼むことにする。

レイトはふと思い出したように言う。

『それにしても、おかしな書庫だったな。魔法の知識について書かれた本でもあるかと思ってたのに……』

『そんな知識が欲しいなら、私に聞けばいいじゃないですか。それよりも、今回の件を誰かに気付かれてないですよね？　王国の秘密を知って暗殺者に狙われるなんてオチは嫌ですよ』

冗談めかしながらも、アイリスはレイトのことを心配しているらしい。

『大丈夫だよ。隠密のスキルも使ってたし、鍵もかけ直したもん。誰にも気付かれなかったと思うよ』

『ならいいんですけど……』

不安そうにするアイリスに、レイトは自信ありげに返答する。

実際、今回のレイトの行動は他の人間に気付かれた可能性は低かった。レイトは隠密以外に、「無音歩行《むおんほこう》」というスキルを習得しており、足音さえ消すことができたのである。

しかし、彼は取り返しのつかないミスを犯《おか》していた。

食堂の床に包丁を落としたときの穴を修復するのを忘れていたのだ。

実際、翌日、アリアがその穴に足を引っかけて転んでしまった。これにより、レイトが悪戯で床に穴を開けたと疑われ、怒った彼女にしばらく口を利いてもらえなかったのだった。

7

レイトが異世界に転生してから六年の月日が経過した。

彼は早朝から起きだし、裏庭で剣の訓練を行う。アリアに作ってもらった木刀を振るい、無心で汗を流す。

「せいっ‼　はあっ‼　わうっ‼　くぅんっ‼」

「さ、最後のほうは、気の抜ける掛け声になってませんか？」

「わっふる‼」

「それはお菓子の名前ですから‼」

「あれ、アリア……もう朝食の時間？」

「そうですよ。というか、いつから剣を振ってるんですか……そんなに汗だくになって」

上半身を脱《ぬ》いで素振りをしていたレイトに、アリアがタオルを持ってくる。

まだ未熟ではあるが、レイトの肉体は毎日の素振りによってずいぶんと引き締まっていた。素振りのほうも最初の頃と比べると、結構様《さま》になってきている。

この半年間で、レイトは「剣術」のスキルを習得することができた。これは単純に剣速が上昇する技能スキルだが、他にもう一つ新しい戦技を覚えた。

最後の総仕上げのため、レイトは虚空《こくう》に向けて剣を振り下ろす。

「兜割《かぶとわ》り‼」

木刀を上段から一気に振り下ろすと、通常よりも速度を増した一撃が放たれる。

このスキルは本来、斧の武器で使用する戦技である。アリアの薪割りを見て、レイトが素振りで真似をしていたことで、いつの間にか覚えていたのだ。

アリアは呆れた表情を浮かべ、レイトに水の入った桶を差し出す。

「お坊ちゃまは本当に不思議な子ですね。魔術師系の職業なのに、剣士の戦技を覚えるなんて。そんな人、見たことありませんよ」

「わっ……冷たい」

「はいはい、汗を流しましょうね～」

アリアはレイトの汗を拭《ふ》き取る。レイトは彼女に身体を任せながら、木刀に視線を向けていた。

彼が素振りで覚えることができたのは、結局、「剣術」「兜割り」のスキルだけだった。

他の戦技や技能スキルを覚えるには、実戦練習が必要となる。

しかし、6歳の子供に過ぎないレイト相手に、剣の訓練を見てくれる人など存在しない。

アリアにお願いしてみたこともあったが、彼女はどんなに彼が望んでも相手にしてくれなかった。

レイトはおねだりするように、アリアに尋ねる。

「やっぱりアリアは剣を使えないの？」

「私は魔術師ですから……それに使えてもお坊ちゃまには教えません。ほら、身体を拭き終えましたから食堂に行きましょう」

「分かったよ……はあ、戦いに飢《う》える」

「狂戦士みたいなことを言わないでください……ほら、行きますよ」

一時期、レイトとアリアの間には距離ができてしまったが、今はもう元の関係に戻っていた。

アリアに連れられて食堂に向かいながら、レイトは彼女からの贈《おく》り物である木刀を握りしめる。

この木刀は、形状変化で鋭くしたり、物質強化で耐久性を上げたりできたので、木刀とはいえ使い勝手が良かった。

もちろん、錬金術の専用スキルには時間制限がある。それでも発動すれば、木刀で薪を叩き斬《き》ることもできた。

（そういえば、兜割りも物質強化のおかげで習得できたんだよな）

食堂への移動中、レイトはふと考え込む。

（今まではアイリスの助言通りにするだけで良かったけど、最近はスキルを覚えるのが難しくなってきた。何か良い手がないか、アイリスに相談してみようかな）

それから食堂に到着すると、みんなで朝食を食べるのだった。


食事を終えて自室に戻ったレイトは、さっそくアイリスと交信を行う。

『アイえも～ん』

『なんだい、レイ太君……って、何をやらせるんですか！』

ふざけて呼んでみたら、アイリスは意外にも乗ってきてくれた。

『俺の世界のネタをよく知ってるね』

『まあ、狭間の世界の管理者ですから。レイトさんの世界の知識や情報くらい、当然持ってますよ』

『え、じゃあ……俺の両親が今どうしてるか分かる？』

ふと思いついて尋ねてみると、アイリスは真剣な声音になる。

『……聞きたいですか？』

『いや……やめとく。こっちの世界で新しい家族ができたことだしね』

レイトは元の世界にいる家族のことが気になったものの、自分が元の世界に戻れないことを思い出して聞くのをやめた。

レイトの気持ちを察したのか、アイリスが話題を変える。

『そういえば、剣の素振りを真面目《まじめ》に行っているようですね。調子はどうですか？』

『一応スキルは覚えられたよ。だけど、二つしかスキルを習得できなくて……今は行き詰《づ》まっている感じ』

『……そうですか。まあ、相手をしてくれる人間がいないとなかなか難しいですよね。そうだ！　この際ですし、別の新しいスキルに挑戦してみませんか？』

『俺もそう思ってたところ。次はどんなスキルを覚えれば良いかな？』

するとアイリスはちょっと悪戯っぽく言う。

『そろそろ、魔法の訓練をしてみましょうか？　本当はまだ時期は少し早いんですけど、今のレイトさんなら大丈夫なはずです』

『魔法⁉』

念願《ねんがん》の魔法を習得できると聞いて、レイトは嬉しくなってしまった。そして暴走《ぼうそう》気味に、アイリスに言う。

『魔法‼　早く魔法を教えろっ‼　でないと口を利いてやらないからなっ‼』

『ちょっと！　幼児退行が再発してますよっ⁉　落ち着いてください……だいたい私と会話できなくなって困るのは、レイトさんのほうじゃないですか』

『確かに……ごめん、興奮《こうふん》しすぎた』

アイリスはレイトが落ち着くのを待ってから、これから彼が習得を目指す魔法について、詳しく説明し始める。

『レイトさんの主職である支援魔術師は、文字通り仲間を支援する補助魔法に特化した職業です。専用スキルは「筋力強化」「魔法強化」「回復強化」の三つになります』

『ほほう。どんな効果があるの？』

『まず、筋力強化。この魔法は身体能力を上昇させます。効果は熟練度によって変わり、限界まで極めれば、なんと通常の五倍くらいまで身体能力が上昇するんです』

『おおっ‼』

予想以上に強そうな説明を聞いて、レイトはさらに興奮してしまう。

しかし、アイリスは水を差すようなことを言う。

『まあ、魔法の効果が切れた瞬間、身体に無理をさせた反動で、ぶっ倒れてしまいますけどね』

『えっ⁉』

アイリスは淡々と続ける。

『次に魔法強化。これは攻撃魔法の威力《いりょく》を強化する魔法です。こちらも熟練度を限界値まで上げると、威力を五倍くらいに高められます‼』

『それはすごい‼』

『もちろん、魔力の消費量も五倍になりますけど』

『ちょっ……』

どうやら筋力強化も魔法強化も、相応のコストが求められる魔法らしい。

がっかりするレイトをよそに、アイリスは説明を続ける。

『最後の回復強化は、肉体の自然治癒《ちゆ》能力を高める魔法です。普通の回復魔法よりだいぶ時間がかかりますけど、ちゃんと回復できます』

『……あ、最後のは特にデメリットないの？』

『せいぜい回復する速度が遅いくらいですかね』

回復強化は、その前の二つの魔法と違って大きなコストがかかるわけではないようだ。

とはいえ、効果も微妙な感じだが……

それからアイリスは、何か良いことでも教えてくれるように言う。

『支援魔術師の職業の特徴は、魔力容量が全ての職業の中でもトップクラスということです。ゲームで例えるなら、使えない魔法しかないのに、ＭＰだけ無駄にある職業って想像すると分かりやすいと思います』

『へ、へえっ……』

アイリスのひどい言いように、レイトは複雑な気持ちになった。

しかし、支援魔術師の欠点はそれだけじゃないようだ。

『支援魔術師の最大の弱点は、砲撃魔法《ほうげきまほう》が習得できないことです』

『砲撃魔法？　大砲でも撃《う》つの？』

『うーん、ざっくり言ってしまえば、魔力をビームやレーザーのようにして放つ魔法です。魔力砲《まりょくほう》とも言われていますね』

『光線とかをバンバン撃ちまくるって感じか』

『そうですね。砲撃魔法の威力はかなり高くて、見習いの魔術師が扱うような下位のものでも、ゴブリン十匹程度ならまとめて吹き飛ばせるんです。とはいえ威力が高い分、魔力の消費量が大きいですよね。連発もできませんし、一日に撃てる回数もそう多くありません』

　ともかくそんな強力な砲撃魔法が、支援魔術師であるレイトは使えないらしい。

　レイトは恐る恐る尋ねる。

『結局、支援魔術師って、攻撃するような魔法は使えないの？』

『そんなことはないんですが……補助魔法以外に覚えることができるのは、魔術師以外の職業の人間でも扱えるような初級魔法程度ですね』

『初級魔法……なんかあんまり強くなさそうだね』

『うーん、別名で生活魔法って呼ばれてるくらいですからね。一応戦闘に使えないことはないですが……』

説明を聞き終えて、レイトは落ち込んでしまった。

ともあれ、これで支援魔術師が不遇職として扱われる理由は分かった。彼は気を取り直して、これまで受けた説明を整理する。

『つまり、支援魔術師は使い勝手の悪い補助魔法しか使えず、魔術師の強みである砲撃魔法を扱えない。そして、覚えることができる初級魔法は、攻撃性能が期待できない』

『そういうことです。でも、補助魔法のデメリットの一つである肉体への負荷を抑《おさ》える方法もあるんですよ』

彼女の含みを持たせるような言葉に、レイトは食いつく。

『え？　本当に？』

『どんな方法だと思います？』

急に尋ねられ、レイトは考え込んだ。そしてすぐに、三つの補助魔法の中で唯一デメリットのなかった魔法に思い当たる。

『もしかして、回復強化を使えば……』

『そういうことです。自然治癒能力を強化できるこの魔法を利用すれば、肉体の負荷は限りなく軽減できるんですよ』

つまり、筋力強化を使用した際に発生する肉体へのダメージは、回復強化で軽減できるということらしい。

レイトはふと思いついたように言う。

『ん？　使いようによっては、補助魔法ってかなり役立つんじゃないの？』

『そうかもしれません。だとしても、砲撃魔法の使えない支援魔術師が不遇職であるのは、変わらない事実。この世界では、魔術師は剣士や戦士以上に、攻撃の性能を期待される職業なのです。魔物に対抗するには、砲撃魔法が一番有力ですから』

アイリスはそう言うが、支援魔術師は他の職業に比べて決して能力が劣《おと》っているわけではなさそうだ。

レイトは強くそう思い、自分の職業を使いこなそうと心に決めるのだった。

◆　◆　◆

アイリスとの交信を終え、レイトは裏庭へ移動してきた。

「じゃあ、さっそく試すとしますか」

軽く体操をしながらそう言うと、さっそく魔法を唱えてみる。

「……筋力強化‼」

すると、レイトの肉体は白く光り、その光は即座に消失してしまった。

「なんか、あんまり変わった感じはしないけど……できてるのかな？」

彼は半信半疑《はんしんはんぎ》のまま、試しに跳躍のスキルを発動してみることにした。

さっそく前に飛んでみると――

「よっと……おわっ⁉」

予想以上に遠くまで飛べてしまった。

あまりの勢いに着地の際に転倒しかけたが、なんとか寸前で踏み留まる。レイトは背後を向き、自分が飛び越えた距離を見てみた。

普段の跳躍スキルでは、全力で飛んでも4メートル程度のはず。筋力強化を施した今の距離は、少なくとも6メートルほどはあった。

「すごいな、軽く飛んだだけなのに……」

それからレイトはステータス画面を開いて、筋力強化の熟練度を確かめることにした。

画面には、筋力強化の熟練度が「1」と表示されている。

「アイリスは熟練度を最大にすれば、身体能力は五倍くらいになるって言ってたな。今の時点でも、一・五倍近くは強化できるのかな？」

そう一人で納得していると、突然、彼の肉体に激痛《げきつう》が走った。

「あぐっ⁉」

あまりの痛みに、レイトはたまらずその場に倒れ込んでしまう。ふと、自分の足を確認すると、ガクガクと痙攣《けいれん》していた。

慌ててレイトは回復強化を発動する。

「か、回復強化……‼」

魔法を唱えた瞬間、筋力強化を施したときと同じように、一瞬だけレイトの身体が白く光った。

それからしばらくすると、徐々に痛みが治まっていくのが分かった。両足の痙攣も落ち着いていき、三十秒くらい経ったあとには、ようやく動けるようになった。

「ふう……助かった。だけど、回復魔法として使うには効果がゆっくりだな……」

アイリスは、回復強化は肉体の自然治癒能力を高める魔法だと言っていた。熟練度が低い今のレイトでは、簡単な怪我《けが》を治す程度の効果しかないらしい。

またアイリスによると、回復強化では擦《かす》り傷などは治せるが、欠損《けっそん》した手足の修復はできないとのことだった。

「確か、治癒魔導師と呼ばれる職業の人間が扱う回復魔法は、魔力を体内に送り込むことで、欠損の再生までできるんだったよな……」

回復強化の微妙さに少し落胆しつつ、レイトは気持ちを切り替えた。

そして、最後に残された補助魔法、魔法強化を試してみることにする。

「よいしょっと……魔法強化！」

レイトは、自分の肉体に魔法強化をかけてみたが……さっきみたいに身体が白く光ることはなかった。

レイトはふと思い出したように口にする。

「待てよ。そういえば、魔法強化は自分の肉体に施せないんだった！」

実はこのことはアイリスにあとから説明されていて、筋力強化や回復強化は自分にかけられるが、魔法強化は魔力に作用するものなので、魔法そのものにかけなくてはならないと言われていた。

そこでレイトは、アリアに魔法を使ってもらって魔法強化を試してみることも考えたが、すぐに思い直す。

「いや、俺がいつの間にか魔法を扱えるようになっていたなんて、どう説明すればいいのかな。そもそも、アリアは俺に魔法を見せてくれないし」

アリアは、レイトが魔法に興味を持たないようにするためか、遊戯で風の魔法を見せてくれたあの一件以来、魔法を使うところを頑《かたく》なに見せてくれなかった。

どうしようかと考え、レイトが足元に視線を向けると……薬草が植えられている花壇に気が付く。

「魔力に作用するか……あ、そうだ。確か薬草の中には、魔力を回復させるやつがあったような」

アリアと一緒に世話をしている薬草の中には、確かにそういう不思議な薬草があった。

青色の星型の花びらが特徴的な薬草で、「魔力草《まりょくそう》」という名前だと教えてもらっていた。

アリアによると、この植物の中に微量《びりょう》の魔力があるのだという。

「魔力があるなら、それに作用させられるんじゃないかな」

そう考えたレイトは、魔力草に手のひらを向ける。

何かあるとまずいので、アリアが育てているものではなく、自分が世話をしている中で、一番元気がない魔力草にかけてみることにした。

「……魔法強化」

魔法を施した瞬間、魔力草が一瞬白く光った。

そして、萎《しな》びれていた花びらが瑞々《みずみず》しくピンと張り、花びらの色合いも一瞬だけ濃くなったように見えた。

「おお‼　効果があるみたい。よし、これで魔法強化も練習できるぞ！」

8

こうして、本格的な魔法の特訓の日々が始まった。

日課の素振りの際には筋力強化と回復強化を同時にかけ、花壇の世話をするときは魔力草に魔法強化を施す。これらの特訓を、レイトは毎日欠かさずに行った。

特訓を始めた頃は、魔法は一日に十回程度しか使用できなかったが、それでも一ヶ月を過ぎる頃には、一日に三十回は行えるようになった。

しかしここで、ちょっとした問題が起きてしまう。

レイトが育てている魔力草の成長速度が、他の魔力草に比べて明らかに速いのだ。さすがにアリアから怪しまれだしたので、仕方なく彼は魔力草以外のもので魔法強化の練習をすることに決めた。

あれこれ試した結果、彼が次に目を付けたのは、屋敷の敷地にある林檎の木だった。ただの木になぜか魔法強化を使えたことに驚きながらも、レイトは日向《ひなた》ぼっこをするふりをしながら幹《みき》に魔法強化を施し、誰にも気付かれずに特訓を続けた。

毎日特訓を続けていたのだが、補助魔法は熟練度の向上が非常に遅かった。この成長の遅さも支援魔術師が不遇職だと言われる理由らしい。とはいえ、レイトは時間だけはあり余っていたので、思う存分特訓し続けた。

そんなふうに日々を過ごし、レイトが生まれてから七年の月日が経過した頃。

ついに、レイトも勉強を義務付けられるときがやってきた。

◆　◆　◆

「お坊ちゃま～‼　お勉強の時間ですよ～‼　今日は文字の書き取りです‼」

レイトが自室で遊んでいると、アリアが勢いよく部屋に入ってきた。彼女は両手に様々な教科書を抱えている。

レイトはアリアを見て、呆れたように声を出す。

「いや、だから文字ぐらい書けるって！　それより他のことを勉強しない？　魔法とか」

「駄目《だめ》ですよ‼　最初が肝心《かんじん》なんですからね‼　いくら私より綺麗な字を書けるとしても許しませんよ‼」

「なんでだようっ！　……私怨《しえん》が混じってない？」

翻訳のスキルを所持しているレイトにとって、読み書きの勉強は必要ない。しかし、そんな事情を知らないアリアは、彼に毎日文字の読み書きをさせていた。

また、アリアがこうも熱心なのには、別の事情もあった。

勉強を始めた最初の日、お手本として書いたアリアの字よりも、レイトの字のほうが綺麗だったのだ。それにショックを受けたアリアは、レイトの読み書きの勉強に付き合うという体《てい》で、自分も文字の練習をしているのである。

ちなみにレイトは転生者なので、知能は既に子供の領域ではない。また、世界の知識もアイリスから教えられているため、勉強する必要もなかった。しかし、そんなことを言うわけにもいかないので、レイトは結局、アリアの言いなりになっていた。

今日は文字の読み書きに続いて、歴史の授業をすることになった。この世界の歴史はアイリスから伝えられていたが、レイトはアリアの授業で自分の知識を確かめることにした。

アリアがレイトに言う。

「良いですか、お坊ちゃま。この世界には六つの種族が存在しています。人族、森人族《エルフ》、獣人族《ビースト》、巨人族《ジャイアント》、魔人族《デーモン》、小髭族《ドワーフ》。この種族の違いは分かりますか？」

「人族はこの世界で最も数が多く、知能が高い種族です。森人族《エルフ》は六種族の中でも特に長寿で、魔法の力が強いです。獣人族《ビースト》は人と獣の両方の性質を有しています。巨人族《ジャイアント》は大きな体格と強靭《きょうじん》な肉体が特徴です。魔人族《デーモン》は種類によって外見や能力に大きな差異《さい》はあれど、人間並の知能を持つ生物です。最後の小髭族《ドワーフ》は気性《きしょう》が荒いけど鍛冶《かじ》職人の名工が多く、聖剣《せいけん》や魔剣《まけん》のような特殊な武器を生み出す技術力を持ちます……でしょ？」

レイトが言い淀むことなくすらすら答えたので、アリアは目を丸くした。

「そ、その通りです……すごいじゃないですか！　まるで教科書を読み上げているような感じなのは気になりますけど……」

「まあ、ちょっとね」

アイリスが言ったことを暗唱《あんしょう》しているだけなので当然である。

アリアを騙しているみたいで若干《じゃっかん》申し訳なく思いつつ、アリアが持ってきてくれた王国の歴史について書かれた教科書に目を通した。

バルトロス王国は、建国からちょうど三百年目で、世界最大の領地を誇る人族の国家とのこと。

他に国家を築《きず》いているのは、獣人族《ビースト》、巨人族《ジャイアント》、小髭族《ドワーフ》だけ。森人族《エルフ》と魔人族《デーモン》は、国を作っていない。

六種族の間で激しい争いが行われていたことは知っていたが、先々代のバルトロス国王が六種族の間に同盟を結び、戦争を終結させたことは、教科書を読んで初めて知った。

そのことをアリアに伝えると、彼女は身を乗り出して言う。

「坊ちゃまは偉大《いだい》な御方の血を引いているんですよ‼　だから、それに恥じない生き方をしましょうね‼」

「先祖《せんぞ》が偉大だからって子孫《しそん》が偉いわけじゃないでしょ。それに、俺は王族を名乗ることを父上に許されていないし……」

「あっ……ご、ごめんなさい」

アリアはハッとした顔をすると、慌ててレイトに謝った。そして、表情を暗くしてしまう。

レイトは王族を名乗れないことや父親から愛されていないことを気にしていないので、むしろ自分の言葉でアリアを悲しませてしまったことを反省した。

話題を変えるために、レイトはアリアに質問する。

「そういえば、アリアは初級魔法は扱える？」

「初級魔法？　ああ、生活魔法のことですか。もちろん使えますよ。でも、私は精霊魔法以外の魔法は苦手《にがて》なんですけど……あれ？　なんで初級魔法のことをお坊ちゃまが知って……」

アリアに怪しまれ、レイトは慌てて取り繕《つくろ》う。

「え、絵本の主人公が使ってたんだよ。ねえ、お願いだからちょっと見せてくれない？　どんな魔法なのか気になってたんだ」

「う～ん、話を逸らされている気がしますけど……まあ、別にいいですよ！　特に危険はありませんし。生活魔法ならお坊ちゃまも扱っても問題ないでしょう」

普段はレイトがどんなに頼んでも魔法を見せようとしないアリアだが、危険のない初級魔法ということで見せてくれるようだ。

アリアが軽く肩を回しながら言う。

「じゃあ、お勉強の休憩《きゅうけい》も兼《か》ねて私の初級魔法を見せましょうか。よく見ててくださいね……適性があれば、お坊ちゃまも使えるようになるかもしれませんから」

「適性……」

「簡単に説明しておきましょうか。魔法というのはですね……」

アリアの説明は次のようなものだった。

この世界の魔法は主に、火、水、風、土、雷、聖、闇の七つの属性に分かれている。この属性は種族や職業によって適性がある程度決まっており、人族の得意とするのは火属性、森人族《エルフ》が得意とするのは風属性といった具合だ。他にも、水属性は人魚と呼ばれる存在が主に使役し、土属性は小髭族《ドワーフ》が扱うことが多い。雷属性は扱える者が限りなく少なく、聖属性は獣人族《ビースト》に扱える者が多い。そして死霊使《しりょうつか》いと呼ばれる職業の人間が最も好むのが、闇属性である。

以上の基本的な属性以外にも、嵐《あらし》属性や炎属性と呼ばれる上位属性が存在するが、これらの属性の魔法を使える存在は稀《まれ》とのこと。

アリアは森人族《エルフ》なので風属性を得意とするが、だからといって他の属性が扱えないわけではなく、水属性と土属性の魔法も扱えるとのことだった。ただし、森人族《エルフ》は火属性を苦手としているので、彼女もその例に漏れず火属性は扱えない。森人《エルフ》の中で火属性を扱えるのは、ダークエルフと呼ばれる亜種だけだと教えてくれた。

「初級魔法は生活魔法と呼ばれるほど威力が弱い魔法です。鍛えることで一応熟練度は上昇しますが、わざわざ攻撃魔法として利用しようとする人はいません」

「へえ……どんな魔法？」

「あまり期待しないほうが良いですよ……では見せましょう‼　必殺、風圧‼」

レイトの目の前でアリアが右手を構え、魔法を唱える。

すると、彼女の手のひらの上で風が渦巻《うずま》くのが見えた。

「おおっ⁉」

意外な派手《はで》さに、思わず目を見張るレイト。

「はあっ‼」

アリアが掛け声とともに前方に手を突き出すと、彼女の手のひらで渦巻いていた風がレイトへ向けて放たれる。

風をぶつけられ思わずレイトは身構えるが――やや強い風が吹き抜けただけだった。

レイトが首を傾げていると、アリアは手のひらから風を消して額の汗を拭《ぬぐ》う。

「ふうっ……魔力を消費しますからここまでですね」

「しょぼくないっ⁉」

レイトが大声で突《つ》っ込《こ》みを入れると、アリアは冷静に言った。

「だから、期待しないほうが良いと言ったじゃないですか！　まったくもう……ともかくこれが初級魔法です」

「ええっ……」

想像以上に残念なものを目の前にして、レイトは落胆を隠せない。

アリアの唱えた風圧の初級魔法は、威力が低いというか……皆無《かいむ》だった。どう考えても攻撃には利用できない。

「ちなみに他の初級魔法はもっとしょぼいですよ。それでも見ます?」

「じゃあ、一応……」

「それなら水属性から先に見せますね……氷塊《ひょうかい》っ‼」

「おおっ⁉」

アリアが両手を構えて気合を入れると、彼女の手のひらの前に野球ボールほどの大きさの氷の塊が生まれ、周囲に冷気が漂った。

レイトはその光景を見て期待が高まっていたが、アリアは両手を解いてへたり込む。

「あふぅっ……やっぱり無理です」

「無理ってどういうことなのっ⁉」

制御《せいぎょ》から離れた氷の塊は地面に転がると、呆気なく砕け散って霧《きり》になってしまった。

アリアが両手を合わせて、レイトに謝罪する。

「すみません。私だとこれが限界ですね。頑張りましたけど、やっぱり風属性以外の魔法はどうも苦手でして……」

「苦手ということは、得意な人が使えばもっとすごいんだよね? 本当はどんな魔法になるの?」

わずかな期待を込めてレイトは尋ねるが、アリアの返答は呆気ないものだった。

「え? 普通に氷を生み出す魔法ですよ。まあ、魔法で生み出した物体は簡単に消えるので、長持ちしませんけど」

「どんな役に立つのさ、それ……」

「暑いときに氷で身体を冷やすことができます。でも、そのために魔法を使ったら、逆に疲れて身体から汗が噴《ふ》き出すと思います」

「本末転倒《ほんまつてんとう》だね。じゃあ、土属性は？」

「ちょっと待ってくださいね。ああ、あれを利用しましょう」

そう言うとアリアは、部屋の隅《すみ》に置いてあった植木鉢を指差す。それからその植木鉢を持ってくると、中に入っている土に手のひらを押し付けた。

「よく見ていてくださいね。いきますよ……土塊《どかい》‼」

アリアが魔法を詠唱《えいしょう》する。

しかし、彼女の気合の入った声とは裏腹《うらはら》に、植木鉢は微動《びどう》だにせずそのままだった。

「……何も起こらないけど」

「いや、ここをよく見てください‼」

アリアは興奮しながら植木鉢の土を指し示す。

「ほら、少し地面が盛《も》り上がってるでしょ⁉」

「しょぼすぎるわっ‼」

あまりのスケールの小ささに、レイトは思わず全力で突っ込んでしまう。アリアは彼の勢いにたじろぎながらも、土塊について説明を付け加える。

「でも、この魔法は氷塊より役立ちますよ。土に栄養を送ることができるから、植物が育てやすい環境が作れるんです」

「あれ、意外と使える魔法っ⁉」

「こういうのも、初級魔法が生活魔法と呼ばれる理由の一つなんですよ。熟練度を上げれば、地面を操作することもできるようになります」

アリアはそこで一旦《いったん》言葉を切ると、何かを思いついたように言う。

「そういえば、坊ちゃまの属性をまだ調《しら》べていませんでしたね。魔法属性の鑑定書を使って調べるのは高いですから、簡易《かんい》なやり方ですけど、私の真似をしてもらえます？」

「真似って？　今の初級魔法を？」

レイトが尋ねると、アリアはうなずく。

「はい。人族は大抵火属性の魔法が得意ですが、風属性の適性を持つ人もたまにいますからね。さっきの風圧を発動できないかで試してみましょう」

「じゃあ、一応」

レイトは言われるがままに、アリアの真似をして右手を構え、そして魔法を唱えてみた。

「……風圧‼」

その瞬間、レイトの手のひらに、さっきアリアが出したのとは比べ物にならない規模の渦が迸《ほとばし》った。

レイトは簡単に魔法が発動してしまったことにびっくりしたものの、アリアがやっていた動作を思い出しながら、手のひらを前方に突き出す。

すると、巻き起こった渦から強烈《きょうれつ》な突風が放たれた。

慌てて手を振り払って渦を消そうとするが、強風によって部屋にあった本や紙があちこちに散乱《さんらん》してしまう。

「ちょっ。なんですか、今の威力⁉　私の風圧よりすごいなんて」

驚きの声を上げるアリア。

その横でレイトは、放心状態になっていた。

「あ～、びっくりした……」

レイトの視界に画面が表示される。

〈戦技「風圧」を習得しました〉

「あ、普通に覚えられた」

さらにステータスを確認すると、魔法を使ったわけでもなくただアリアの魔法を見ただけなのに、なぜか氷塊と土塊まで習得していた。

ともかくこれで、レイトは三つの属性に適性があると判明した。

アリアが唖然としたまま口を開く。

「それにしても、信じられませんね……初級魔法でこれだけの威力を引き出せるなんて、もしかしてお坊ちゃまは天才なんですか？」

「たまたまだよ。でも、他の初級魔法も覚えられないかな。アリア以外に初級魔法を扱える人っていないの？」

アリアは顎《あご》に手を当てて答える。

「それなら奥方様が火属性を扱えますが……でも、火属性の魔法は他のものに比べて危険ですから、教えてくれるかは分かりませんよ」

「そっか。じゃあ、母上に頼んでこようっ‼」

そう言うやいなや、レイトは部屋を飛び出した。

「あっ、坊ちゃま⁉　勉強は……ふげっ⁉」

慌ててアリアは追いかけようとするが、床に散らばっていた教科書を踏んづけ、派手に転んでしまう。

その隙にレイトは筋力強化と回復強化をかけ、跳躍のスキルで通路を一気に移動した。

そうしてまたたく間に、母親アイラのいる部屋にたどり着く。

「母上‼」

「あら、レイトちゃん。ふふっ、勉強が嫌になって逃げてきたのかしら？」

急いで部屋に入ってきたレイトを見て、アイラは笑みを浮かべた。

アイラは、レイトが使用人に追いかけられているときなどよく匿《かくま》ってあげていた。だから、今回彼が飛び込んできたのも、勉強から逃げるためだと思ったのである。

さっそくレイトは、本題を切り出す。

「母上は、火属性の初級魔法を使えますか？」

「初級魔法？　ええ、もちろん使えるけれど……」

「見せてもらってもいいですか？」

急に妙なことを頼まれて戸惑いながらも、アイラは訳も聞かずあっさりとうなずいた。

すぐに彼女は手のひらを上に向けて、魔法を唱える。

「……火球《かきゅう》」

「わあっ」

アイラの手のひらの上に、火の塊が発現した。

続けて彼女は、その火の塊を操作して、部屋のあちこちに移動させる。

アイラが魔法を操《あやつ》る様子を一通り見たレイトは、真似してみることにした。彼はアイラがやったように手のひらを上に向けて、魔法を唱える。

「火球」

するると、呆気ないほど簡単に火球が出現した。

「あらっ、あなたも使えるようにっ⁉」

一発で魔法を成功させたレイトにアイラは感心してしまったが、すぐに彼が生み出した火球の異様さに気付く。

その火球は、先ほどアイラが出したものより、二倍近くも大きかったのである。

続けてレイトは、火球を動かそうと試みる。すると、火球はノロノロとした動きながらも、彼の周囲を浮遊《ふゆう》した。

「おっとと。動かすのは結構難しいですね」

「え、ええ……そうね」

火球を操作するレイトを見て、アイラは驚愕していた。

彼女が火球を操作できるようになるまで、練習を始めてから少なくとも一ヶ月はかかった。だが、レイトは一目見ただけで火球を出すのを習得しただけでなく、操作までしているのだ。

レイトは、母親の様子に気が付かないほど魔法の練習に夢中になっている。しばらくそうしているうちに、レイトは火の塊を自在に操作できるようになった。

ひとしきり練習し終えたところで、レイトは炎を小さくさせ、両手で包み込むように消す。そうして彼はアイラに笑顔を向ける。

「これは便利な魔法ですね。食べ物を調理するときにも使えそうだし」

「そ、そうね」

「あ、そろそろ行きますね。ありがとうございました、母上‼」

アイラが何かを口にする前に、レイトは部屋から飛び出していってしまった。

アイラは一人だけになった部屋で呆然としていた。息子に魔法の才覚があることを知って、感動していたのである。

しかしそんな喜びに包まれる一方で、息子の境遇を思い出し、表情を強張《こわば》らせた。

「あの年齢であれほどの魔法を操れるなんて……支援魔術師として生まれてさえいなければ、あの子は王になれたというのに」

彼女の嘆《なげ》きがレイトに聞こえることは、もちろんなかった。

もしレイトがこの場にいれば、母親にさえも哀《あわ》れに思われていると知り、心を痛めたに違いないだろう。


アイラの部屋をあとにしたレイトは、アリアのところに勉強をしに戻ることはもちろんなく、一人で魔法の練習をすることにした。

裏庭みたいな目立つところで練習していたらすぐに見つかってしまうだろう。そう考えたレイトは、屋根の上で練習することに決めた。

さっそくレイトは屋根裏へ移動し、そこから梯子《はしご》を昇《のぼ》って屋根の上に出る。周囲を見回して誰もいないことを確認してから、魔法を唱えた。

「火球……うん、これは簡単に扱えるな」

指先に火の塊を発現させ、自分の意思で操作できることを確かめる。アイラほどの速度で動かすことはできないが、練習を行えば巧《たく》みに操作できそうだと彼は感じた。

そこでふと思いつく。

「二つの火球を発動させたりはできないのかな」

試しに、それぞれの手に意識を集中させてみると、火の塊が両手に一つずつ、二つの火球が発現した。

二つの火の塊を自分の側で滞空させると、レイトはさらに新しい火球を生み出す。これで合計四つである。

ここまでは順調だったが、五つ目はいくら強く念じても発現することはなかった。

「う〜んっ、四つが限界か。でも熟練度《しょうさん》を上げれば、もっと増やせそうだな」

ひとまず、四つの火球をその場で消散させる。

続いて彼は、他の魔法も試すことにした。

「風圧はさっき使ったからいいとして、あと覚えたのは氷塊と土塊か。土塊は今のところ、戦闘には役立ちそうにないかな。いや待てよ。地面を陥没《かんぼつ》させたり、土の壁を作って敵の攻撃を防いだりできるか。それならかなり便利だ」

さっそく土塊を使ってみようとして、ここが周囲に土のない屋根の上だということに気が付く。レイトは自分で呆れつつも、氷塊の魔法を使ってみることにした。

「氷塊‼」

手のひらに意識を集中させながら魔法を唱えると、氷の塊が現れた。

さっきアリアの生み出したのは野球ボール程度のサイズだったが、レイトのはその二倍以上の大きさはある。

続いて、火球のように操作してみる。

しかし、なかなか上手くいかない。氷は火に比べて、かなり動かしにくいことが分かった。

「動かせるには動かせるけど、操作が難しいな。火球のようにはいかないか。それにしても、なんで水属性の魔法なのに氷が出てくるんだろう」

ふと疑問に思ったので、久しぶりにアイリスと交信を行ってみることにした。

アイリスはすぐに説明してくれる。

『水属性の魔法は、なぜか人魚以外が使用するときは、冷気の塊、あるいは氷塊になるんです。純粋《じゅんすい》な水を出す魔法は人魚にしか使えないんですよ。だから、レイトさんは氷しか生み出せません』

『へえ、そうなんだ。ところで人魚って、その肉を食べたら不老不死《ふろうふし》になるの？』

『いや、妖怪じゃないんですから』

ともあれ、疑問が解決したレイトはアイリスに礼を言って交信を切った。

それから彼は、氷塊の魔法で生成した氷を操作する練習をしてみた。しかし、やはり上手くいかない。どうやら彼にとって氷塊は、火球ほど使いこなせない魔法らしい。

操作の際にかなりの集中力を必要とするし、火球と比べて魔力消費量も多い。複数の生成もできなかった。熟練度を上昇させれば扱いこなせる可能性はあるかもしれないが、今のところ攻撃に利用することは難しいようだった。

「とりあえず練習あるのみだな」

そう呟いてから、レイトはふと妙なことを思いついた。

「あ、そうだ。昔、屋根から落ちたときに、アリアが風の魔法で助けてくれたっけ。もしかしたら風圧を使えば、同じように着地の衝撃を弱められるかな。よ～しっ、やってみるか」

さっそくレイトは屋根の上から地上に目を向け、勢いをつけて飛び降りた。アリアやアイラが見ていたら卒倒《そっとう》しかねない行動である。

地面にぶつかる寸前、彼は風圧を発動する。

「風圧！　おっとと‼」

彼の手のひらから強風が巻き起こる。その風をクッションにして落下の勢いを殺し、無事着地に成功した。

「上手くいった！　これなら高い場所から降りるときに使えそうだな。よし、せっかく飛び降りたんだから、土塊の魔法も使ってみよう」

続いてレイトは、アリアに見つからないようにしながら裏庭の花壇に向かった。そうして花壇にたどり着くと、花壇の土に触れて魔法を唱える。

「地面を耕《たがや》すだけの魔法じゃないだろうな。土塊‼」

手のひらを置いた場所から、水面に波紋《はもん》が広がっていくように地面が揺れ動く。彼の意思に反応して、土が隆起《りゅうき》していった。

「おおっ、これはすごい。けど、かなり疲れるっ‼」

土塊は、他の初級魔法よりもはるかに彼の魔力を消耗した。

レイトは表情を歪めながらなんとか魔法を維持しようとしてみたのだが、結局、数秒も保てずに手のひらを離す。

「はあ。畑を耕すときに便利かと思ったけど、普通にやったほうが楽だな」

土塊は、土に栄養を与えるという点以外の使い道はなさそうだ。レイトはそう考えて、戦闘用にも使うのはやめておこうと思うのだった。

花壇を元通りにしながら、ふと、アリアに言われたことを思い出す。

「ふう……そういえば、魔法の属性には相性があるって言ってたっけ？」

例えば、火属性の魔法は水属性の魔法に消されるといったような、魔法の属性には相性の良い悪いがあるらしい。

レイトは、相性の悪くない魔法を組み合わせれば威力を強化できるのではないかと考え、実験してみることにした。

手に火球を発動し滞空させ、そしてもう一方の手で風圧を発動する。

「火球目掛けて風圧……うわあっ⁉」

風圧が生まれた瞬間、風の渦巻きが火球に呑み込まれた。

さらにその火球は槍状に形を変え、そのまま飛んでいく。火炎の槍はものすごいスピードで直進し、5メートルほど飛んで消えた。

「な、なんだ今の……⁉」

動揺するレイトの視界に、画面が表示される。

〈技術スキル「火炎槍《かえんそう》」を習得しました〉

慌ててステータス画面を確認すると、技術スキルの欄に、新しい攻撃魔法が追加されていた。

【技術スキル】
火炎槍――風属性と火属性の合成魔術

スキルの説明文には、合成魔術という見慣れない単語があった。

「別々の属性の魔法を組み合わせると、合成魔術になるわけか……」

それからレイトは、さっき放った火炎槍について改めて考えてみた。

「射程距離はそれほどあるわけじゃないけど、火力は間違いなく通常の火球よりもありそうだ。すごいな……これのどこが生活魔法だよ。十分に戦えそうだけど」

生活魔法だとしても、組み合わせることですごい魔法になると知って、ちょっと興奮してしまった。

そのとき、急に頭痛が走り、レイトは片膝をついてしまう。

「あ、あれ……？」

ぐらりとレイトの身体がよろめく。

後方からアリアの声を聞こえてくる。

「あ、見つけましたよ坊ちゃま……坊ちゃま!?　どうしたんですか!?」

アリアはレイトの様子がおかしいことに気付き、慌てて彼の元に駆け寄った。

レイトは彼女に大丈夫だと伝えようとするが、声にならないまま、途中で意識を失ってしまった。

◆　◆　◆

数時間後、彼は目を覚ますと自室のベッドに横たわっていた。

側にある机の上には、水桶と手ぬぐいが置かれている。レイトは、アリアが倒れた自分を運んでくれたのだろうと考え、なんとか身体を起こす。

彼の頭に、再び鈍《にぶ》い痛みが走る。

「いててっ……頭痛い」

こめかみを押さえて顔をしかめるレイト。

彼は自分の身に何が起きたのか確かめるため、アイリスと交信を行うことにした。

『アイスマン』

『それだと私が氷漬けの原始人みたいじゃないですか……怒りますよ』

アイリスの突っ込みを受け流しつつ、レイトは本題に入る。

『まあまあ。それより、俺に何が起きたのか説明してほしいんだけど』

『はいはい。レイトさんが倒れた理由は簡単です。魔力を消費しすぎたんですよ。今までにも魔法を使いすぎて頭が痛くなったことはあったでしょう？』

『そういえばあったかも……でも、意識を失ったのは初めてだよ』

　レイトは補助魔法を覚えてから、熟練度を上昇させるために毎日魔法を使い続けており、確かに軽い頭痛に襲われることはあった。

　アイリスが説明を続ける。

『初級魔法を覚えたことで興奮しすぎて、自分の魔力が消耗していることに気付かなかったんでしょう。それで限界まで魔力を消費してしまい、意識を失ったんですね。いくら初級魔法の魔力消費量が少ないといっても、無茶しすぎですよ』

『そうなのか。まあ、色々と実験してたからかな』

　レイトが反省していると、アイリスが言う。

『でも、初級魔法を利用して、合成魔術を生み出したのには感心しました。もしかしたら、熟練度を上昇させれば、砲撃魔法並みの威力を引き出せるかもしれませんね』

『そうなの？　じゃあ、ガンガン練習しないと！』

『でも、合成魔術の使用はしばらく控えてくださいね。今のレイトさんは未熟なんですから……あ、身体が成長し切っていないという意味ですよ。とにかく、合成魔術は魔力消費量が大きいですから、成長する前に多用するのは危険なんです』

『じゃあ、大きくなるまで待つしかないってこと？』

レイトが不満そうに言うと、アイリスは少しの間沈黙《ちんもく》し、やがて告げた。

『……どうしても練習したいというのなら、魔力容量を拡張するしかないですね。魔物と戦ってレベルを上げれば魔力は増えるんですけど……もっと手っ取り早い方法もあります。レイトさんはSPを所持していますよね？』

『SP？　ああ、これのことか？』

レイトはステータス画面を開き、画面に表示されていたSPの項目を見た。

画面には1という数字が表示されている。

『SPとは、スキルポイントのことです。SPを消費して、新しいスキルを身に付けたり、スキルの熟練度を上昇させたりできるんですよ。ちなみに、SPはレベルを上昇させることでしか獲得できません。一度消費したSPは二度と元には戻りませんから、気を付けてくださいね』

『へえ。ん？　そんな便利なもの、なんで今まで教えてくれなかったの？』

レイトがふと疑問に思って聞いてみると、アイリスはいじわるそうに言う。

『SPで簡単にスキルを取れると知ったら、努力しなくなるじゃないですか。通常の方法でスキルを習得するときに、こんなことしなくてもSPで覚えればいいか、なんて考えるようになったらお終《しま》いですよ？』

『言いたいことは分かるけどさ。でも、それならどうして、今になって教えてくれたんだよ』

『今のレイトさんなら、教えても問題ないと判断したからです。それに、今後の成長のために、今このタイミングで覚えておきたいスキルがあるんです。努力だけではどうしようもない能力も、残念ながらあることですし』

どうやらアイリスには、何か考えがあるらしい。

ともかくレイトは、SPを使用して新しいスキルを習得することに決めた。彼がSPを使おうとして念じてみると、視界に「未習得スキル一覧」という題名の画面が表示される。

画面には、彼が習得していないスキルがズラッと表示されていた。

『うわっ、ずいぶんとあるな。どれを習得すればいいの？』

『「魔力回復速度上昇」の固有スキルです。このスキルは文字通り、魔力の回復速度を格段に上げるスキルですから、まさに今のレイトさん向けなんです』

『あ、この「和風牙《わふうが》」という戦技、格好良さそう‼』

『人の話を聞いてます？　それ、獣人《ビースト》族専用のスキルですから覚えられませんよ』

『ちぇっ。じゃあ、これでいいのかな？』

残念がりつつ、レイトはアイリスに勧《すす》められた魔力回復速度上昇スキルが欲しいと念じる。するとSPが消費され、スキルの習得に成功した。

魔力回復速度上昇は、レイトが初めて覚える固有スキルである。固有スキルは常に発動しているので、一度習得してしまえばずっとその恩恵を受けられるのだ。

アイリスが再び話しかけてくる。

『このスキルがあれば、魔法を使用しすぎても、レイトさんの身体にかかる負担を和《やわ》らげてくれます。レベルが上がってSPが貯《た》まったら、またスキルが覚えられますから、私に報告してくださいね』

『分かった。色々とありがとう』

『いえいえ。それでは、私はこれからティータイムなので失礼します』

そう言い残して、アイリスは交信を打ち切った。

停止していた時間が動きだし、現実の世界に戻ってきたレイトは、頭痛が消えていることに気付く。

先ほど覚えた固有スキルの効果が発揮《はっき》され、魔力が急激に回復したためだろう。

「これはすごいスキルだな。だけど、これからは修業漬けの毎日になりそうだ」

レイトは、修業のためにどうやって学業の時間を削《けず》ろうかと考えながら、ベッドに横たわるのだった。

9

転生してから、八年の月日が経過した。

レイトはこれまでの日々と変わらず、母親のアイラや家族のように親しい使用人達とともに生活している。

様々なスキルを身に付け、さらに習得した魔法の熟練度も上昇させた彼は、今日も日課である剣の早朝訓練に励《はげ》む。

「はああっ‼」

「脇《わき》が甘いですよ、お坊ちゃま‼」

レイトは、屋敷の裏庭でアリアと組み手をしていた。レイトとアリアは、掛け声とともに何度も木刀を衝突させる。

実は半年ほど前、アリアは魔術師のほかに剣士の職業を持っていることを明かしてくれた。それ以来、彼女はレイトに本格的に剣の指導をしてくれるようになり、二人は毎日のように剣を交わしているのである。

「くっ……兜割り‼」

「安易《あんい》に戦技に頼っては駄目ですよ‼」

レイトが上段の構えから木刀を振り下ろすと、アリアは冷静に横へ回避《かいひ》し、彼の首元に木刀を突きつける。

悔《くや》しそうにするレイトに向かって、アリアは笑みを浮かべて言う。

「さて、これで私の、三百八十七戦三百八十七勝ですね。戦技の発動中は身体が勝手に決まった動作を行ってしまうので、避けられると大きな隙ができちゃうんですよ」

「くそう……」

レイトは息も絶え絶《だ》えにそう言うと、その場に座り込んだ。

苦しげな様子のレイトとは対照的に、アリアは汗一つかいていない。彼女は涼《すず》しげな表情のまま、レイトに手を差し出す。

「でも、坊ちゃまもずいぶん剣の腕を上げましたね。今なら、駆け出しの冒険者くらいの実力はあるかもしれませんよ」

「冒険者？」

そう言ってレイトが首を傾げると、アリアが説明してくれる。

「冒険者というのは、冒険者ギルドと呼ばれる組織に所属している人間のことです。いわゆるなんでも屋みたいなもので、魔物の討伐や商団の護衛《ごえい》といった任務の他にも、薬草の採取《さいしゅ》や家のお手伝いさんまでやってくれるんですよ」

「へえ……」

　さらにアリアは、冒険者は魔物と戦闘を行うことが最も多い、と付け加えた。

　レイトはふと気になって尋ねる。

「アリアは、冒険者の人を知っているの？」

「知ってますよ。というか、私も若い頃は冒険者でした。まあ、Cランクに昇格《しょうかく》したところで奥方様と出会い、冒険者を辞して従者《じゅうしゃ》になりましたけど」

　初めて聞いたアリアの来歴に驚きつつ、レイトはさらに質問する。

「Cランク？」

「あ、冒険者にはランクが存在するんです。一番上がSランクで、その下にAからFランクまであります。Sランクの冒険者は、世界に十人くらいしかいないんですよ」

「ということは、Cランクのアリアは中間くらいなんだね。どれくらい儲《もう》かるの？」

　急に変なことを聞かれ、アリアは驚いてしまう。

「いきなりお金の話ですか……まあ、それなりに儲かりますよ。完全な実力社会なので、実力がない冒険者はよく死にますけど」

「なにそれ怖いっ」

　レイトは身体を震わせるが、その一方で、冒険者に興味を抱いたのだった。

　そんなふうにアリアと会話をしながら休憩を終え、再び修業に励むべくレイトは立ち上がる。そして、木刀を見つめながらため息を吐いた。

確かに剣の技量は上昇した。けれどこの数年で覚えたのは、兜割りと旋風《せんぷう》と呼ばれる戦技だけ。毎日のようにアリアと戦闘を繰り広げているものの、他のスキルを覚える気配はなかった。

軽く落ち込むレイトをよそに、アリアは軽い調子で話しかけてくる。

「それにしても、坊ちゃまは魔術師の職業なのに素早く動けますね。まあ、私も魔術師の職業ですけど」

「アリアは魔術師と剣士の職業だっけ？　珍しいよね。魔法職と近接職の組み合わせって」

アリアはうなずきながら言う。

「確かに人族だと、魔法職と近接職を併《あわ》せ持つ者は滅多《めった》に存在しませんね。けれど、基本的に魔術師の職業を習得している森人族《エルフ》の中では、剣士系の職業を習得している者も少なくはないんですよ」

「そうなんだ。世の中って広いんだね。なんか話してたら元気になってきた！　よし、もう一本‼」

意気揚々《いきようよう》と木刀を構えるレイト。そんな彼に苦笑《くしょう》しつつ、アリアも木刀を構え直した。

「仕方ないですね。なら、今度は私から行きますよ‼　乱れ突き‼」

「うわっ⁉　いきなりかっ‼」

アリアが戦技「乱れ突き」を放った瞬間、彼女の持つ木刀の先端が目にも止まらない速さで動きだし、複数の突きがレイトに襲いかかる。

レイトは跳躍を発動して後方に回避し、木刀が届かない位置まで退いた。

「おっとと」

「くっ、相変《あいか》わらず逃げるのは上手いですね」

「そいつはどうも。今度はこっちだ‼　旋風‼」

レイトは居合《いあい》斬《ぎ》りをするように腰に木刀を構え、じりじりとアリアに接近し、ちょうど剣が届くところで横薙《よこな》ぎに剣を振った。

これが半年前に覚えた彼の新しい戦技「旋風」である。

アイラは木刀を構えてレイトの攻撃を受け止めようとしたが……それを見たレイトはすかさず跳躍を発動する。

「はああっ‼」

「なっ⁉」

レイトの予想外の動きに、アリアは対応が遅れる。

それでも横からの叩きつけに対する防御はなんとか間に合ったが、バランスを崩した彼女は後方に吹き飛ばされた。

「くっ⁉」

「まだまだ‼」

さらにレイトは跳躍を行い、吹き飛んだアリアに近付く。そして木刀を上段に構えて戦技を発動した。

「兜割り‼」

「あうっ⁉」

アリアは木刀を構えてレイトの攻撃を受け止めようとしたが、完全には勢いを殺しきれない。レイトの木刀がアリアの肩を打ち、彼女はたまらず武器を落とした。

絶好《ぜっこう》のチャンスだ。しかし、レイトは初めてアリアに攻撃が当たったことに驚き、彼女の身を心配してしまう。

「アリア⁉」

木刀を捨てアリアに駆け寄るレイト。

しかし――

「甘いっ‼　掌打《しょうだ》‼」

「あぐっ⁉」

アリアは心を鬼にして、レイトに戦技をお見舞いする。容赦《ようしゃ》なく打ち込まれた一撃は腹部にめり込み、レイトは後方に吹き飛んだ。

掌打は本来格闘家の戦技だが、アリアもレイトと同様、自分の職業以外の戦技も会得《えとく》していた。

アリアは勝ち誇った笑みを浮かべ、倒れたレイトに近付く。

「ふっふっふっ。いくら坊ちゃまが強くなったと言っても、私は冒険者だったんですよ？　レベルが30もある私に坊ちゃまの攻撃なんて……」

「頭突《ずつ》き‼」

「はうっ⁉」

アリアが油断した瞬間、仕返しとばかりにレイトはアリアの腹部に頭突きを食らわせた。すっかり気を抜いていた彼女は、悶絶《もんぜつ》して地面をのた打ち回るのだった。

「いててて……くそ、アリアめ……ちょっとした仕返しをしただけなのに」

訓練を終え、身体を洗い終えたレイトは、頭を擦りながら服を着替えていた。アリアに頭突きを食らわせたあと、彼女から拳骨《げんこつ》という手痛い反撃を受けてしまったのだ。

次は格闘家のスキルを覚えてアリアに叩き込んでやろうなどと考えながら、レイトは食堂へ向けて歩きだす。

「それにしても、だいぶスキルの使い方も慣れてきたな。種類も増えたし、ここからは自分の好きな能力を伸ばしたいなあ」

地道に訓練を続けた結果、レイトは様々なスキルを習得していた。

この八年の間に覚えたスキルの数は五十を超えており、さらに今彼は、最もスキルを身に付けやすい時期を迎えているらしい。実際この一年の間だけで、二十以上のスキルを習得していた。

レイトはふと思い出したように呟く。

「調理っていうスキルなんかは、結構便利そうだから覚えようとしたんだよな〜。覚えたのは違うスキルだったけど……」

以前、料理を覚えようと思い立って厨房に立ち入ったレイトは、料理人達が家畜《かちく》を解体している場面に出くわした。作業には参加しなかったのだが、手順を見ているうちにステータス画面が表示され、解体というスキルを習得したというメッセージが現れたのである。

その際、驚いたレイトはアイリスに交信して、次のような会話をした。

『成長期ですからね〜』

『いやいや、さすがに覚えるの早すぎじゃない？』

『習得難易度が低くて、相性の良いスキルだったらこんなものですよ。レイトさん自身もスキルを習得するコツを掴んできましたし、以前よりもスキルの習得がしやすくなってるんです』
『じゃあ、剣技なんかも覚えが早くなってたり？』
『しますよ、少しだけ。まあ、難易度が高いので今までとあんまり変わらないと思いますけどね』
『そうですか……』

レイトは再び調理のスキルについて思案する。

「調理は今のうちに覚えておきたいんだけど……でも現状だと難しいよなぁ」

そう言ってレイトはため息を吐く。

というのも、屋敷の使用人は決してレイトに料理を手伝わせようとしないのだ。自分の仕える主人に料理させることは、彼等のプライドが許さないらしい。

あれこれ考えながら廊下を歩いていると、今までに入ったことがない部屋の前にやってきて、思わず立ち止まった。

「あれ？　ここって」

この部屋は昔、アイラから立ち入りを禁じられていた。レイトにそう言い聞かせるアイラの剣幕《けんまく》は、暗殺記録が隠されていた書庫のとき以上だった。

レイトは、母親の言葉を守って部屋の中には入ろうとせず、修業が忙しいのもあってすっかり忘れていたのだが、偶然通りかかったというのもあって気になってしまった。

レイトはアイリスに交信する。

『アイリーン』

『ちょっと格好良さげな名前で呼んでくれてありがとうございます。でも、私の名前はアイリスです』

お決まりになりつつあるやり取りをしたところで、忙《せわ》しなくアイリスが用件を尋ねてくる。

『それでどうしたんですか？　今、友達が来てるんですけど……』

『友達なんていたのか……そんなことより、今、俺の目の前にある部屋について聞きたいんだけど、この中はどうなっているのか分かる？』

するると、アイリスはあっさり返答する。

『武器庫ですね』

『武器庫？』

頭の中で、武器満載《まんさい》のかっこいい部屋をイメージしていると、アイリスが言う。

『レイトさんが想像しているような、武器がいっぱい飾《かざ》られている部屋じゃないですよ。毒や暗器《あんき》といった、暗殺者向けの武器が用意されてる感じですね』

どうやら想像以上に物騒《ぶっそう》な部屋のようだった。

『なんでそんなものがここに……』

アイリスは淡々と告げる。

『簡単な話ですよ。なんの利用価値もないと判断した場合、この屋敷に隔離した王族をその場で殺すからです』

『殺すって……』

絶句《ぜっく》してしまうレイト。

しかし、アイリスは容赦なく続ける。

『……ちょうどいいですから、全て説明しておきましょう。今まで黙ってましたけど、この屋敷の使用人の中に暗殺者がいます。国がレイトさんを完全に利用価値がない人間だと判断したら、命令に従って、彼女はあなたを殺すでしょう』

アイリスの言葉で、気になったことが二つあった。

一つは、自分が家族だと思って接していた使用人の中に暗殺者が紛れ込んでいるということ。そしてもう一つは、アイリスがその人物を「彼女」と呼んだことである。

この屋敷に、女性の使用人は一人しかいない。

『まさか……アリアが暗殺者？』

レイトが尋ねると、アイリスは悲しそうな声で答えた。

『そうです。彼女の本当の職業は、精霊魔導師と暗殺者。職業を剣士と偽《いつわ》ったのは、レイトさんを警戒させないためでしょう。アリアはレイトさんの母親に仕えていますけど、それと同時に、王国に仕え、暗殺者で構成された黒影《こくえい》と呼ばれる組織の一員です。もし国王がレイトさんの殺害命令を下したら……彼女は従います』

『そんな……』

姉のように慕《した》っていたアリアが自分を殺すかもしれない……突然そんなことを言われても信じられず、レイトは言葉を失ってしまう。

アイリスはさらに続ける。

『残念ですけど、アリアはレイトさんの敵になる可能性があります。いえ……必ず敵になるんです』

『なんでだよ！』

抗議するように言うと、アイリスは淡々と話す。

『――二年後、国王の正妻が息子を産むからです。それと同時に、レイトさんは唯一の王位継承者ではなくなり、国王はレイトさんの処分を言い渡すでしょう』

そこでアイリスは一旦言葉を切った。

そして、非情にも告げる。

『つまり、アリアにレイトさんを殺せ、と……』

◆◆◆

その日の晩、レイトは食事の時間になっても部屋の中に引き籠っていた。心配したアイラやアリアが部屋に訪れても中には入れず、彼は一人で考え続けた。

しかしどう考えても、アイリスから告げられた、二年後にアリアが自分を殺そうとするという未来を受け入れることはできなかった。

「はあ……くそっ」

レイトはベッドに身体を横たえながら、何度もため息を吐き出す。

アイリスは交信を終える間際《まぎわ》、レイトに冷静になるように言ってくれた。それでも、こんな話を聞かされて落ち着けるはずがない。

改めてアイリスのことを思い浮かべる。

狭間の世界の管理者であるアイリスは、この異世界についてあらゆることを知っており、今までレイトに嘘をついたことはなかった。となると到底信じられないが、やはりアリアは本当に自分を殺害しようとすると考えて間違いないのだろう。

レイトはなんとか頭を切り替え、今後の対策を練《ね》ることにした。

「生き残るためには屋敷から逃げ出さないと……でもどうすれば？　冷静になれ……すぐに殺されるわけじゃない」

屋敷から脱出する手段を考えるため、これまで聞かされた情報を必死に思い返してみた。

王族を隔離するために生み出されたというこの屋敷は、凶悪《きょうあく》な魔物が生息する森の中に建てられている。だから、屋敷から脱出できたとしても危険な森の中では生きていけないだろう。

そういえば、屋敷を取り囲む鉄柵がかなり特殊なものだと、以前アイリスから聞かされたことがあった。

「……待てよ？　鉄柵に埋め込まれてる不思議な石を手に入れられれば、危険な森の中でも安全に逃げられるんじゃないか？」

この森に生息する魔物の中には、鉄柵くらい簡単に破壊してしまうものも多い。それにもかかわらず鉄柵が破られないのは、鉄柵に結界石《けっかいせき》と腐敗石《ふはいせき》と呼ばれる特殊な石が埋め込まれているためらしい。

結界石は、緑色の防護壁を発生させて屋敷全体を覆わせることができる。この防護壁を物理的に破壊することは不可能であり、魔法でしか壊せない。

腐敗石は、魔物が近付いた瞬間に悪臭を放つ。この悪臭は魔物だけにしか感じ取れず、普通の人間には無害だが、魔物はあまりの匂いに離れていく。

この二つの石のどちらか一方でも入手できたら、屋敷から出ても安全なのではないか。

レイトはそう考えたわけなのだが……

彼は致命的《ちめいてき》なことに気が付く。

「あ、でも鉄柵に埋め込まれてるんだから取り出せないか。それに、仮に回収できたとしても、そのせいで屋敷が魔物に襲われることになってしまうかもしれない。くそっ、駄目か……」

解決策が見つからず、レイトはうなだれてしまう。

寝転がっているうちに、彼は自身の境遇について考えだした。

（なんでこんなことに……いや、不遇職として生まれた時点で仕方ないのかな。後継者となる男児が生まれたら俺を生かしておく理由はない。俺が生きてたら、王位継承権を巡って争いが起こるだろうし……父上が俺の殺害を決意したとしてもしょうがないか）

レイトは不遇職の身にもかかわらず、これまで不自由のない生活を送ってきた。父親から殺意を抱かれているとしても、父親がそう考えるのも仕方ないとも思える。

悩んでいるうちに不思議と開き直ってきたレイトは、単純に考えてしまうことにした。とりあえず、今まで以上にスキルの習得に専念《せんねん》し、強くなろうと決めたのである。

それからレイトは、具体的に何をすべきか思案する。

「外は魔物がいっぱいだ。魔物と戦うとなったらやっぱり武器が欲しいな。木刀だけだときついし」

錬金術師の能力を利用すれば、武器を生み出すことも可能だろう。だが、屋敷内には武器の素材となるような金属が少ない。

（包丁は駄目だな。厨房からなくなったら使用人に気付かれる。かと言って、他に武器になりそうな物なんて……武器庫から盗《ぬす》む？　いや、それはいくらなんでも怪しまれるし……あ、そうだ！　アイリスに聞けばいいじゃん）

アイリスと交信しようとして身体を起こしたとき、机の上に置かれたコップが視界に入った。コップには溶《と》けかけた氷が入っていた。

そこで、レイトはふと思いつく。

「あっ……そうだ。氷塊を利用すれば、剣を作れるかも」

さっそく彼は手のひらに意識を集中し、氷塊を発動させる。

レイトが、氷で剣を生み出そうと考えたのには理由がある。それは、修業によって氷塊の熟練度が3になったとき、氷の形状を変化させることが可能になったからだ。

彼の目の前には、氷の剣が生み出されていた。レイトは空中に誕生した長剣を握りしめてみる。

「……うん、まあ……こんなものかな？」

そのまま剣を何度か振ってみて、感触を確かめる。

魔法で生み出した氷塊の表面温度は、レイトの意思で調整することが可能なため、霜焼《しもや》けを起こす心配はなかった。

続いて、錬金術師の専用スキルである物質強化と形状変化を氷の剣にかけ、耐久性を上昇させたうえで刃の部分を高速で振動させた。

「よし、ちゃんと斬れるか試してみよう」

レイトは、自分の側にあった机に向かって氷の剣を振り下ろす。

「はあっ‼」

机に刃を当てた瞬間、一瞬にして机が二つに切り裂かれた。予想以上の威力に驚きつつ、レイトは技術スキル、修正を発動して机を直した。

「こいつはすごいな。これなら武器に困ることはないかな。おっ……？」

レイトが氷の剣を見つめていると、彼の視界に画面が表示された。


〈技術スキル「氷装剣《ひょうそうけん》」を習得しました〉


画面に表示されるスキル名を見ながら、レイトは首を傾げる。

（それにしても、新しいスキルを身に付けると勝手に名付けられるのはどうしてだろう？　アイリスに聞いてみようかな。いや、困ってるわけじゃないから別にいいか）

結局スキル名については、あまり気にしないことにした。新たな武器を手に入れ、気が大きくなった彼は、次なる目標を掲《かか》げる。

「武器の心配がなくなったし、魔物と戦ってレベルも上げたいな」

現在のレイトのレベルは1だ。

これまで通りの鍛錬をしても力を付けることはできるが、彼には二年の猶予《ゆうよ》しかない。一刻も早く強くなる必要があると考え、レイトは屋敷を取り囲む鉄柵に目を向けた。

屋敷の外には魔物が生息しているため危険である。しかし、レイトは二年後には嫌でも屋敷から逃げなければならない。今のうちから森を少しずつ探索して、地形や出現する魔物を把握したほうが良いのではないか。

そう考えた彼は、心の中で決心するように呟く。

（スキルを使えば屋敷からは抜け出せる。剣という戦う手段も得られたんだから、今夜からさっそく探索してみよう！）

こうしてレイトは、屋敷を抜け出して、外の世界に出ることを決めたのだった。

◆◆◆

あれからアイリスとも相談し、入念な準備を終えたレイトは、誰もが寝静まった夜中にこっそりと部屋から出る。

誰にも見つからないように注意しながら、レイトは屋敷を取り囲む鉄柵にたどり着く。

レイトの都合の良いことに、この鉄柵は鋼鉄製だ。

金属変換と形状変化を発動し、鉄柵の一部を変形させて、掛け声とともに両手で広げる。

「ふんぬっ‼」

そしてなんとか人間が一人通れるほどの隙間《すきま》を作ると、レイトは鉄柵をくぐり抜けて外に出た。

「やった！」

無事に鉄柵から抜け出したことに歓喜し、念のために鉄柵の隙間を塞《ふさ》いでおく。

「暗いな……火球」

周囲の様子をうかがうため、三つの火球を空中に生み出す。

そうして彼は、慎重に歩を進めた。

しばらく歩いて、とうとうレイトは森の中に入り込んだ。森の中では、火の玉を出していると魔物に見つかるかもしれないと考え、火の玉を消して技能スキルの暗視を使う。

暗視を使ったことで、暗闇でも森の様子を観察できるようになった。さらに念を入れて、無音歩行と隠密のスキルを使用する。この二つのスキルを使えば、魔物に発見されたとしても認識に時間がかかり、完全に認識される前に相手の視界から逃れれば気付かれることはない。

万全の状態となったレイトは探索を続けた。

「気配感知のスキルも欲しいな……よっと‼」

掛け声とともに跳躍のスキルを発動し、樹木の枝の上に移動する。そして、枝の上を上手く飛び移りながら、地上の様子をうかがいつつ森の奥に進む。

一応帰り道を覚えていたが、迷《まよ》ってもアイリスに方角を尋ねれば教えてくれるので問題はない。

跳躍を繰り返していたとき、レイトは目測を誤って枝に飛び移れず、落下してしまいそうになった。しかし、慌てずに空中へ手のひらを向けて氷塊を発動する。

「おっと……氷塊‼」

空中に浮かべたままの円盤状《えんばんじょう》の氷塊を足場代わりに利用して、再び跳躍する。なんだか忍者になったような気分になりながら、レイトは屋敷の外の世界を堪能《たんのう》していた。

しばらく探索していると、地上の茂《しげ》みが揺れ動いたことに気が付いた。

「おっ？」

茂みを揺らした正体が気になったレイトは、近くまで跳躍して側の樹木の枝の上に着地する。

以前覚えた無音歩行を使用したおかげで、着地する際に音を立てることはなかった。

レイトは息を潜《ひそ》めて木の上から地上の様子を確認する。すると、茂みから何かが出てきた。

「ギィイッ……‼」

姿を現したのは緑色の肌をした小人のような魔物だ。鬼のように恐ろしい形相《ぎょうそう》に尖った鼻と耳を持ち、全身はやせ細っている。

その魔物の手には、樹木の枝を削って作ったと思われる棍棒《こんぼう》が握りしめられていた。非常に鋭い目を光らせ、周囲を警戒する様子を見せている。

その魔物は、レイトが以前地球でプレイしたゲームに登場する敵キャラクターと、非常によく似た外見をしていた。

（あれはもしかして……ゴブリンか⁉）

初めて見る魔物に驚きつつ、レイトはゴブリンに見つからないように樹木の影に隠れる。

「ギィアッ……⁉」

すると、ゴブリンは何かに気付いたような声を上げ、鼻をひくつかせた。ゴブリンはそのまま、レイトが身を隠している樹木に近付いてくる。

どうやら匂いでバレてしまったらしい。

とはいえ、ゴブリンはまだ正確な位置を把握していないようだ。そう考えたレイトは、先に攻撃を仕掛けることにした。

先ほど覚えた氷装剣を発動し、出現した剣を握りしめる。そして、彼は枝の上からゴブリンに向かって飛び降りる。

「はあぁっ‼」

「ギアッ!?」

すかさずレイトはゴブリンの胴体に氷装剣を突き出した。ゴブリンは咄嗟に棍棒でガードしようとするが、事前に形状変化で振動させていた刃は、棍棒を容易《たやす》く貫通してゴブリンの胸元に突き刺さる。

「ギィイイイイイッ……!?」

ゴブリンの断末魔《だんまつま》の声が辺りに響き渡る。レイトは手元の感触に顔をしかめながらも氷装剣を引き抜き、氷の剣にこびり付いた紫色の血を振り払う。

「ふうっ……これが魔物か。本当に動物でも人間でもない生物がいるんだ。アイリスから話を聞かされてたとはいえ驚いたな」

そう言ってレイトは氷装剣を構え直し、周囲を警戒する。さっきのゴブリンの悲鳴を聞きつけて、他の魔物が近付いてくる可能性があると考えたからだ。

その心配通りに、周囲の茂みから三体のゴブリンが姿を現した。

「ギィッ!?」

「ギイイッ!!」

「ギィアッ……」

「うえっ……」

思わず声を出してしまったが、隠密のおかげでゴブリン達はレイトに気付いていない。

しかし、いずれ匂いで見つかるだろうと考え、レイトはその場から離れることにした。

そのとき、一匹のゴブリンが仲間の死体を発見して唸《うな》り声を上げる。

「ギィイイイッ……‼」

ゴブリンは辺りを見渡し、ちょうど逃げようとしていたレイトを見つけてしまう。レイトの隠密のスキルは、数秒見られると気付かれてしまうのだ。

レイトの姿を完全に捉えたゴブリンが、すかさず声を上げた。

「ギイイッ‼」

「やばっ……さすがに気付かれたか。だったら……火球‼」

レイトは右手で氷装剣を構え、空《あ》いた左手を前方に突き出して火球を発動させる。

炎が周囲を照らし、ゴブリン達の動揺する様子がレイトの目に映った。ゴブリンが戦闘態勢に入ったのを確認したレイトは、氷装剣を構えてふと冷静になる。

（形状変化で刃に振動を加えれば、片手でも斬れるよな。じゃあ、二刀流でもいけるじゃん）

さっそくレイトは氷装剣をもう一本生み出すとそれぞれの手に持った。ゴブリンが驚きの声を上げる。

「ギィッ⁉」

二本の氷装剣を持ち、さらに刃を振動させるレイト。

「はああっ‼」

「ギアッ⁉」

レイトは跳躍のスキルを使って素早くゴブリンに接近し、氷装剣を突き刺す。たちまちゴブリンが切り裂かれ、その場に倒れ伏《ふ》した。

仲間が一瞬で倒されたことに驚愕するゴブリン達。レイトはその隙を見逃さず、続けてもう一方の氷装剣をゴブリンに投げつけた。

「せいっ‼」

「アガァアアアッ⁉」

氷装剣に頭部を貫かれ、ゴブリンが絶命《ぜつめい》する。

レイトは、半年前に習得した投擲《とうてき》のスキルを発動していた。このスキルはアリアとキャッチボールをしていたら習得できたもので、武器を投げる際に、威力と命中精度《せいど》を上昇させる。

レイトは、残った一体に目を向ける。

「ギィイッ‼」

「うわっ⁉」

ゴブリンは次々と仲間が倒されたことで半狂乱《はんきょうらん》になったのか、足元の地面の砂を掴んで投げつけてきた。咄嗟にレイトは腕で目を庇《かば》ったが、ゴブリンは好機と判断したのか、レイトに飛びかかってくる。

「ギィイイイッ‼」

「くっ……筋力強化‼」

身体能力を強化させる補助魔法を発動させ、レイトは近付いてくるゴブリンの腹部に蹴りを放った。ゴブリンは苦悶《くもん》の声を上げて後方へ吹き飛ぶ。

「ゲエエッ⁉」

「火炎槍‼」

続けてレイトは周囲に滞空させていた火球を引き寄せ、風圧の魔法を発動、火炎槍を生み出しそのまま放った。ゴブリンは空中で炎に呑み込まれ、悲鳴を上げる暇もなく焼き尽くされていった。

「ッ……‼」

「うえっ……臭いっ」

ゴブリンが黒焦《くろこ》げになり、辺りに肉の焦げる匂いが広がる。あまりの悪臭にレイトは思わず口元を押さえ、木の上へ移動する。

「ふうっ……やった」

戦闘をした場所から十分に離れて、レイトは安堵の息を吐いた。ステータスを確認すると、レベルが上昇していた。

「お、新しいＳＰを習得した。あれ？　なんだ、この収納魔法って……」

レベルが上昇した影響なのか、支援魔術師の新しい補助魔法が追加されていた。効果が分からなかったので説明文を読み上げてみる。

収納魔法――異空間に物体を収納する　液体や気体、生物は収納不可能
制限重量：50㎏

なかなか優秀な魔法みたいだ。試しに発動してみると、彼の目の前に黒い渦巻きが現れた。触れてみれば、手はするすると呑み込まれていく。レイトは手を引き抜き、側に落ちていた小石を放り込んでみた。

「これでいいのかな。お、回収したものは画面に表示されるのか」

レイトがステータス画面を再び開くと、「収納リスト」という項目が追加されていた。画面には、先ほど入れた小石の情報が載《の》っている。

小石――なんの変哲《へんてつ》もない小石

今度は小石を取り出してみることにする。

「取り出すときは……こうか」

レイトが手を差し出すと黒い渦巻きが再び出現し、先ほど入れた小石が手のひらの上に落ちてきた。ちなみにアイリスによると、異空間に回収した物体の時間は進まないらしく、熱々の食べ物もずっとそのまま保管できる。

ともあれ、ゴブリンを三体討伐し、レベルも無事に上げられたレイトは、屋敷に帰還《きかん》することにした。

「今日はこれぐらいにして帰るか……」

彼は今回の戦闘で色々と学び、二刀流という新しい戦法も身に付けることができたのだった。

10

それから、レイトは屋敷を抜け出すようになった。

夜間しか動けないので行動範囲は限られるが、それでも毎日魔物を狩《か》り続ける。そんな生活をしているうちに、彼は様々な魔物に遭遇した。

例えば、額に一本角を生《は》やしたホーンラビットという兎《うさぎ》の魔物。ホーンラビットは力は弱いが非常に素早いため、追いかけ回すと良い訓練になった。

レイトは今日も鍛錬も兼ねて、ホーンラビットのあとを追いかけ回している。

「キュイイッ‼」

「可愛らしい鳴き声だけど、逃がさないよ‼」

ホーンラビットの身体は小さく追跡《ついせき》は難しい。ちなみにレイトは現在、跳躍のスキルはあえて使用せず、あくまでも自分の足だけでホーンラビットを追っていた。

手の届きそうな距離までホーンラビットに近付いたレイトは、両手をぐっと伸ばす。

「あと少し……うわっ⁉」

「キュイッ⁉」

その瞬間、石につまずいてしまい、レイトは派手に転倒して樹木に衝突してしまった。

表情を歪め、ホーンラビットを取り逃がしてしまったと思ったレイトだったが……胸元で何かがもぞもぞと動くのを感じた。

視線を落とすと、自分がホーンラビットを抱きかかえていることに気付く。

「キュイイッ……‼」

「やった‼　あいててっ……‼」

痛みを感じながらも喜びの声を上げると、視界に画面が表示された。

〈技能スキル「瞬脚《しゅんきゃく》」を習得しました〉

思わぬところでスキルを獲得したのに驚きつつも、さっそく説明文を確認する。説明によると、瞬脚は移動速度を上昇させるスキルと分かった。

彼は笑顔でホーンラビットに話しかける。

「ありがとね。だけど、逃がさないよ」

「キュイッ⁉」

「氷装剣」

レイトは生成した氷の剣で、ホーンラビットの首を一瞬で断《た》った。

ホーンラビットの額の角《つの》に目を向け、ふとアイリスの助言を思い出す。

『ホーンラビットの角は砕いて粉末にすれば、滋養剤《じようざい》の原料になります。それなりに価値があるので、見つけたら回収しておいたほうがいいですよ』

レイトは一本角を抜き取り、収納魔法を発動して異空間に保管しておいた。

それから調理器具を取り出して、焚火《たきび》の準備に取りかかる。森の中で火を灯すのは危険だが、どうしても習得しておきたいスキルがあったのだ。

ホーンラビットの毛皮を剥《は》ぎ、血抜きをする。詳しい知識があるわけでもないのに、手際《てぎわ》良く解体できてしまう自分に思わず苦笑する。

「こういうときに解体スキルは便利だな……」

そう呟いて焚火を始めようとするも、そこでふと思いつく。

「あ、そうか……魔法で直接熱すればいいいか」

魔法で生み出した水や炎は消えやすいが、魔法を常に発動し続ければ問題ない。レイトは支援魔術師で魔力容量が多いので、鍋《なべ》の下で火球を発動し続けてみることにした。

熱した鍋の上に油を注ぎ、解体したホーンラビットの肉を載せる。

「これでいいのかな、アイリス」

『ちょっと火力が弱いですね、もう少し火を強くしないと駄目です』

そんなふうにアイリスに教えてもらいながら、料理をしていった。

しばらくすると良い匂いがしてきた。できたみたいなので、皿の上に焼いた肉を移す。

「ふうっ、美味そうだな」

ホーンラビットの肉は非常に美味で、冒険者の間で人気の食材だそうだ。レイトは、ワクワクしながら肉を口に入れてみた。

単純に焼いただけにもかかわらず肉汁がいっぱいでとても美味しい。彼は夢中で食らいついた。

「美味いっ‼　……けど、調理のスキルは習得できなかったか」

実はレイトの目的は、料理を行う際に便利な調理のスキルを身に付けることだった。スキルの習得には至らなかったが、調理の手順を知ることはできたのでひとまず良しとすることにした。

ホーンラビットの肉を食べ終え、レイトは残った骨に目をやる。

「処分しとくか」

骨を火球の魔法で焼き尽くそうとしたとき、彼は背後に何者かの気配を感じ取った。

振り返ると、猪《いのしし》のような顔面を持つ二足歩行の巨大な魔物が立っていた。

「プギィイイイッ‼」

「オーク⁉」

その魔物は、地球のゲームなどでもおなじみのオークにそっくりだった。

太ったオークはしきりに鼻をひくつかせている。どうやらこのオークは、ホーンラビットの肉の匂いを嗅《か》ぎつけてきたらしい。

オークはレイトが手にしている骨を見つめ、雄叫《おたけ》びを上げる。

「プギィイイイッ‼」

「うわっ⁉」

いきなりオークが腕を伸ばしてきたので、レイトは咄嗟に跳躍のスキルを発動して後方に回避する。が、手に持っていた骨を落としてしまった。

オークはその骨を拾い上げて口の中に入れ、バリボリと噛み砕いて呑み込んだ。さらにオークは舌を舐《な》め回し、レイトを見つめてくる。

「ブヒィイッ‼」

「くそっ、やるしかないか」

レイトは魔法を発動して、左手に火球、右手に氷装剣を構えてオークと向かい合う。

ホーンラビットの骨を噛み砕くほど顎《あご》の力があるなら、人の肉を食い千切《ちぎ》るなんて簡単だろう。レイトはそう考えて、警戒を強める。

しばらく睨み合っていたが、先手《せんて》を取ったのはレイトだった。

彼は素早く魔法を唱える。

「火炎槍‼」

「プギィイイッ⁉」

火炎槍を撃ち込むと、オークは両腕を交差させて防いだ。

しかし、オークの上半身は猛烈《もうれつ》な炎に包み込まれる。勝負あったかと思ったのもつかの間、オークは両腕を振って炎を蹴散《けち》らしてしまった。

レイトが驚愕していると、オークは段々近付いてくる。

「ブヒィイイイッ‼」

「うわっ⁉」

オークが掴みかかってきたので、レイトは咄嗟に跳躍する。勢い余ったオークが倒れると、レイトは氷装剣で、着地と同時にオークの背中から心臓を狙って突き刺す。

「はああっ‼」

「プギィッ⁉」

オークの背中から派手に血飛沫《ちしぶき》が上がる。

だが、背中側からでは心臓の正確な位置を掴めなかった。オークは暴《あば》れ回って、背中に乗っていたレイトを吹き飛ばす。

「うわぁっ⁉」

「ブギィイッ‼」

すごい勢いで吹き飛ばされ、レイトは木の幹に叩きつけられる。彼が頑丈と受身のスキルを所持していなければ、致命傷は免れなかっただろう。

レイトが苦痛に唸《うな》っていると、オークは背中に氷の剣を突き刺したまま起き上がり、レイトの肉体に圧《の》しかかろうとする。

「プギャアアアアッ‼」

「くっ、土塊‼」

咄嗟にレイトは、オークの足元に向けて初級魔法の土塊を発動させ、地面を陥没させた。

片足が沈み、オークは派手に転倒する。

「プゲェッ⁉」

「氷装剣‼」

相手が倒れた隙に、レイトは新しい氷装剣を生成し、頭部へ投擲した。

「プギィッ……⁉」

オークの頭を氷の刃が貫くと、オークは完全に動かなくなった。

レイトは肩で息をし、喜びの声を上げる。

「はあっ……や、やった……‼」

ゆっくりと身体を起こし、彼は先ほどの戦闘を思い返した。オークが火炎槍を正面から受けて、どうして耐えられたのかと不思議に感じていたのだ。

その秘密を探《さぐ》るため、レイトはオークの死骸《しがい》に近付く。確認すると、不思議なことにどこにも焦げた跡《あと》が存在しなかった。

レイトはアイリスを呼ぶ。

『アイルーン』

『もう私の名前をまともに呼ぶことに飽きてますよね。どうしました？』

『オークに火属性の魔法を当てたけど、全然怯《ひる》まなかったし、毛皮も焦げていない。どういうこと？』

『ああ、オークの毛皮は炎に対して非常に強い耐性を持ってるんです。せっかくですし、毛皮を剥ぎ取っておけばどうですか？　身に着ければ大抵の炎は防げますし、防寒具の代わりにもなります。だけど、雷属性には弱いので気を付けてください。あ、それと、オークの肉は毒があるから注意してくださいね。調理のスキルがない状態での料理は危険です』

『毒……え、でも食べられるんだ。ちょっと意外』

『もちろん食べられますよ。肉食の魔物の好物ですし、味も美味しいんです。だけど、脂肪分が高めなので、女性の方が食べるのはオススメしませんね』

『そこまで聞いてない』

　若干冷たく言いつつ、アイリスとの交信を終える。

　それからレイトは、解体のスキルを利用してオークの毛皮だけを剥ぎ取ったものの、残りの素材は諦めることにした。牙と爪は非常に汚れており、歯は虫歯になっていたのだ。結局、毛皮だけを異空間に収納し、屋敷に戻ることにする。

　帰り道、レイトはオークとの戦闘について回想した。

（土塊は初めて使ったけど、意外と役立つかも。でも、火炎槍が通じなかったのには驚いた……もう少し火力を上げられないのかな）

　レイトはふと、アイリスから魔物の情報を聞いたときのことを思い出した。

　オークがゴブリンよりも強敵であることは間違いない。しかしアイリスは、オークは冒険者でも数人で挑《いど》めば討伐可能な魔物で、それほど脅威《きょうい》ではないと言っていたのだった。

当然、森の中にはオーク以上に強い魔物も数多く存在するだろう、現時点のステータスでは、自分が森で生き延《の》びることは不可能かもしれない。レイトはそう考え、決意を口にする。

「もっと魔法を強くしないと。でもそうするには、熟練度を限界まで上昇させるしかないのかな」

レイトはステータス画面を開き、初級魔法の熟練度を確認してみることにした。

【戦技】
火球〔熟練度：3〕
氷塊〔熟練度：4〕
風圧〔熟練度：3〕
土塊〔熟練度：2〕

普段から多用している氷塊の熟練度は高く、あまり使う機会のない土塊の熟練度は2だった。とはいえ、毎日全ての魔法を訓練しているので、頻度《ひんど》にそこまで差があるわけではない。そのため、土塊の熟練度が低いのは、自分が土属性と相性が悪いからではないかと考えた。

続いて、魔法の使い方について考えだす。

「う〜ん、単純に火力を高めるだけじゃなくて、攻撃手段も増やせないかな」

あれこれ考えながら、レイトは手のひらに火球を生成する。

今の彼なら、その気になれば1メートルを超える大きさの火球を生み出すことができるのだが、下手《へた》をすると森の木々に引火する可能性があるので、今回出した火球の規模は控えめだ。

「大きさじゃなくて、威力のほうも上げられないかな……」

ブツブツ言いつつ、火球の形状を次々と変化させる。

そのとき突然、レイトの頭に魔法強化を使うというアイデアが浮かんだ。

「魔法強化も一応、薬草に使って熟練度は最大まで上げておいたけど、実際に使ってみるのは初めてだな」

さっそくレイトは、生み出していた火球に魔法強化を施してみた。

すると、いつもはオレンジ色だった炎が真っ赤《まか》になった。

「わっ、色が変化した？」

変色した炎を見ていると、手のひらに今まで感じたことのない熱気を感じ、彼はたまらずに炎を空中に移動させる。

「あつっ……なんだ!?」

動揺しながら、レイトは真っ赤な火の玉をじっくりと観察する。そして炎の火力が確実に強まっていることを確認し、この火球で火炎槍を発動してみようと考えた。

「よし、風圧を発動させるぞ！」

レイトが魔法を発動させようとしたとき、突然、横の樹木から影が現れる。

「グルルルルッ‼」

「っ⁉」

すぐさまレイトは声のしたほうを向く。

そこには、人間と狼が合わさったような魔物がいた。頭部は狼で、全身が毛皮で覆われている。しかしその魔物は、人間のように二本足で立っていた。魔物はレイトを見つめ、口元から涎《よだれ》を垂《た》らしている。

コボルトだ。オーク同様、地球のファンタジー作品にもよく登場する魔物である。

オークほど巨体ではないが、ゴブリンよりも頭一つ大きい。口元から覗き見える牙は、まるで刃物のように鋭利《えいり》だ。

急いでその場を離れようとするが、それより早く、コボルトがレイトに襲いかかる。

「ガアアッ‼」

「うわっ⁉」

コボルトは口を開いてレイトに噛みつこうとするが、彼はなんとか回避する。コボルトの牙同士が重なって、刃物が衝突したような金属音が鳴った。

初撃を外したコボルトは、なおも執念《しゅうねん》深くレイトに噛みつこうとする。

「ガアッ‼」

「くそっ‼　氷装剣……うわっ⁉」

レイトが氷装剣を発動させるが、コボルトは氷の刃に躊躇《ちゅうちょ》なく噛みつき、氷を砕いてしまう。氷装剣を破壊されたレイトは、続いて火球を発動してコボルトへ何度も放つ。

「このっ‼」

「ウガァッ……⁉」

複数の火球がコボルトの肉体に衝突し、コボルトの身体が燃え上がった。しかし、コボルトは先ほどのオークと同様、両腕を振り払う動作だけで火炎を掻き消す。

「くそっ、どうすれば……⁉」

レイトはあちこちに視線を巡らせ、ついさっき自分が魔法強化を施した紅色《べにいろ》の火球に目を留める。

「こいつはどうだ⁉」

レイトは一か八か、その火球をコボルトに向けて飛ばしてみた。

「ギャウッ――⁉」

火球が命中した瞬間、紅色の炎が爆発するように燃え広がり、コボルトの全身を包んだ。

たちまちコボルトは黒焦げとなり、地面に倒れた。

レイトは思わず呟く。

「す、すごい……！」

これまでの火球とは桁違《けたちが》いの威力である。彼は、たとえ初級魔法であっても魔法強化を施せば威力を高められるのだと知った。

「それにしても、風圧を組み合わせなくても、これほどの威力を出せるなんて……」

レイトは感心しながら、ピクリともしないコボルトを眺めるのだった。

◆◆◆

その翌日のこと。

初級魔法と魔法強化を組み合わせた新しい攻撃方法を発見したレイトは、魔法の練習をするため、昼間から森の中に行くことにした。

レイトは普段、日中には剣の稽古《けいこ》をしている。しかしどうしても魔法の訓練をしたいと考え、体調を崩したと使用人に嘘をついたのだ。それで、自分の部屋の中に誰も入らないように頼んでおいてある。

一人きりになると、さっそく森へ移動する。技能スキルの隠密のおかげで、容易《たやす》く屋敷を抜け出せた。

そうして森の中を進み、やがて美しい泉のある場所に到着する。

レイトは額の汗を拭いながら呟く。

「よし……ここまで移動すれば大丈夫かな」

この泉は最近発見した場所で、側には大樹がそびえ立っていた。泉の水はとても澄《す》んでいて、無数の魚が泳いでいるのが遠目《とおめ》にも見えるほどだ。中には、明らかに普通の魚ではなさそうな影も見えるが……彼は気にしないほうが良さそうだと判断し、魔法の実験に取りかかる。

「火球、からの魔法強化‼」

昨日のように、レイトは手のひらに滞空させた火球に魔法強化を施した。紅色に変色した火球に、彼は続けて風圧の魔法を発動する。

「風圧‼」

火球に風圧を組み合わせた瞬間、火球はいつもの槍状ではなく、砲弾のように丸く膨《ふく》らんだ。炎の砲弾は勢い良くレイトの手を離れ、すごい勢いで15メートル以上離れていた岩に衝突する。

激しい轟音《ごうおん》とともに、岩は砕け散ってしまった。

レイトは予想以上の威力に唖然とし、冷や汗を流す。

「すごいな……あ、新しい技術スキルが生まれた」

視界に画面が表示された。

〈技術スキル「火炎弾《かえんだん》」を習得しました〉

すぐさまステータス画面を開いて、スキルの内容を確認する。

火炎弾は火炎槍よりも威力は高いが、魔力消費も大きいスキルらしい。しかし、この魔法だったら、火属性への耐性を持つオークでさえ倒せるだろう。

それからレイトは、他の魔法にも魔法強化を試すことにした。

「面白いな、次は風圧を強化してみよう。魔法強化を発動しながら……風圧‼」

右手で魔法強化、左手で風圧を発動するレイト。

風圧は通常ならば手のひらに渦巻きが発生し、扇風機《せんぷうき》のように強風を放つだけだが……魔法強化と風圧を組み合わせると、三日月のような形状をした風の刃が生まれた。

レイトが風の刃を解き放つと、泉の水面を切り裂く。

「びっくりした……これもすごいな」

〈技術スキル「風刃《ふうじん》」を習得しました〉

予想以上の威力に驚いていたレイトの眼前に、再び画面が表示される。

彼がステータス画面を開いて説明を見てみると、三日月型に変化した風が、触れた物を切り裂く効果があるとあった。レイトは氷だけでなく、風の刃を生み出せるようになったようだ。

風圧に続いて、氷塊も強化してみる。

「これはどうなるのかな。形が変化するのか、それとも……氷塊‼」

風圧のときと同じように、右手に魔法強化を発動させたまま氷塊を発動する。

すると、手のひらから青色に輝いた氷の塊が誕生した。色の他に変化はないが、冷気が増していることに気付く。

「火球の場合は火力が上昇したけど、氷塊の場合も冷気が強化されるのか」

レイトは指先で青色の氷をつついてみた。その瞬間、あまりの冷たさに慌てて指を引っ込める。

「うわ、冷たっ‼　これは直《じか》に持つことはできないな」

レイトは顔をしかめて氷を消す。魔法強化で生み出した氷塊は、通常の氷以上に冷たくなってしまうようだ。下手に触れると肌が凍《こお》ってしまう危険性があり、氷装剣と組み合わせることは不可能だろう。ただ、もしかしたら攻撃手段には使えるかもしれないが……

「そういえば、氷塊に魔法強化しても技術スキルは覚えないのか……まあいいや、最後は土塊だな」

気持ちを切り替え、最後に土塊の強化を試みる。彼は地面に手のひらを押し当てて土塊の魔法を発動させると、魔法強化を施した。

このときのレイトは、操作できる土が増加するか、あるいは土を操作する速度が増す程度だろうと考えていたのだが……予測を超えた現象が起きてしまった。

「なんか変な感じが……うわっ⁉」

両手に違和感《いわかん》を覚えて見てみると、手のひらが紅色の魔力をまとっているのに気が付いた。指は硬い土の地面に沈んでいる。慌てて指を引き抜くと、地面に指の跡が残った。その間も、手のひらの魔力が消える様子はない。

「なんだこれ⁉　どうなってるんだ」

妙な変化に疑問を抱きながらも、レイトは泉の側にある大樹を見た。そして、試しに手を伸ばして幹に触れてみる。

その瞬間、特に力を込めたわけでもないのに、レイトの指先が樹皮にめり込んでしまった。指を抜くと、指先が埋もれた跡が樹木に刻まれる。

「もしかして……手のひらの周りの重力を強化しているのか？」

突拍子《とっぴょうし》もない考えだが、彼の予測は当たっていた。土塊を強化すると重力を操作することができるようになるのだ。

レイトは拳を握りしめ、樹木を全力で殴りつける。

「はああっ‼」

次の瞬間、拳が樹木を突き抜けて穴を開けた。

「うわっ、なんだこの威力⁉」

思わず驚愕の声を上げる。いくら身体を鍛えてレベルが上昇していようと、子供の力で樹木に穴を開けられるものではない。

レイトの眼前に、新しいスキルが表示される。


〈戦技「拳打《けんだ》」を習得しました〉


「拳打？　今のパンチで打撃系の戦技を覚えたのか……こうかな」

レイトは、両手の魔力を解除して、もう一度拳を突き出す動作を樹木に向かって繰り出した。

しかし、今度は穴を開けることはできない。土塊の力を加えなければ、先ほどのような威力は出せないようだ。

「今度は全力で土塊を強化して……拳打‼」

もう一度手のひらに紅色の魔力をまとわせ、レイトは何もない空間に向けてパンチする。

すると、最大限まで土塊を強化したおかげなのか、再度レイトの視界に画面が表示された。


〈技術スキル「重撃《じゅうげき》」を習得しました〉


スキルの習得に成功したことに喜びつつ、レイトは新しく覚えた二つのスキルを繰り返し練習して確かめてみることにした。

「重撃‼」

スキルの名前を告げた瞬間、レイトの両腕から紅色の魔力が迸《ほとばし》り、前方に向けて拳を突き出す。拳から軽い衝撃波が前方に放たれると、続いて拳を握りしめてもう一つのスキルを発動する。

「拳打‼」

重力の魔力を帯《お》びた拳を勢いよく突き出す。彼が繰り出す拳打のスピードと威力は、格闘家と比べても遜色《そんしょく》ないレベルに達していた。しかし、そんなことを知る由もないレイトは、繰り返し練習を重ねる。

「せいっ‼　はあっ‼　駄目だ、もっと上手く……こうかっ⁉」

レイトは無意識のうちに、地面を両足で踏み込み、足の裏から足首、膝、股関節《こかんせつ》、腹部、胸、肩、肘、腕の順番に身体を回転させ、勢い良く拳を突き出した。その瞬間、彼の拳からものすごい衝撃波が生み出される。その威力は、正面の泉の水面に波紋が生まれるほどだった。

肩で息をしながら、今までにない手ごたえを感じるレイト。彼の目の前に、本日何度目かの画面が表示された。

〈技術スキル「弾撃《だんげき》」を習得しました〉

「やった‼　……あいててっ⁉」

新たな技術スキルを習得したことにレイトは興奮して、飛び跳ねようとするが、全身に激痛が走り、もだえてしまう。

慌てて回復強化の魔法を施して肉体を癒《いや》す。

しばらくすると肉体の痛みが治まり、レイトはため息を吐いた。

「ふうっ……やっぱり、もう少し身体を鍛えないとね。それにしても、今日は色々なスキルを覚えたな。格闘系のスキルも習得できたし……あれ？　支援魔術師だよね、俺……」

魔術師らしくないスキルばかり覚えていることに、首を捻るレイト。釈然《しゃくぜん》としないながらも、とりあえずレイトは屋敷に戻ることにしたのだった。

11

新しいスキルを習得してからは、レイトの一日の生活が一変した。

まず、剣の鍛錬の際は、氷装剣を使いこなすために二刀流の練習をするようになった。

また、拳打や重撃のために、暇があれば身体を鍛えることも忘れず、アリアに頼んで格闘技の訓練も教わり始めたのだ。

レイトがアリアに格闘家のスキルを教えてほしいと言いだした当初、彼女は魔術師系の職業であるレイトから、そんなことを言われて戸惑っていた。しかし、レイトの決意が固いのを知ったアリアは、自分が知る限りの格闘術や、格闘家の職業の人間がどのような手段で戦技を習得するのかを教えることにした。

訓練の最初の日、アリアはレイトに釘《くぎ》を刺した。

「いいですか、坊ちゃま？　一応言っておきますけど、坊ちゃまは魔術師なんですから、格闘家の真似をしても彼等と同じようには成長しません。魔術師の坊ちゃまが無理をして、格闘家の戦技を覚える必要はないんです」

「だけど、身体を鍛えることは無駄じゃないでしょ？」

「まあ、そうですけど……仕方ないですね。それなら私の知る限りの鍛錬法を教えましょう」

アリアはそう言うと、具体的な鍛錬法をレイトに指示していく。

「まずは、足腰を鍛えるために走ってください。とりあえず、屋敷の周りを毎日百周しましょう‼」

「百周……分かった」

レイトがうなずいたのを確認し、アリアはどこからか手足に装着するための重りを出して、レイトに手渡す。

「次は筋肉を鍛えましょう‼　今日からしばらく、この特製の重りを付けたまま生活してください‼」

「筋肉か……確かに重要だね」

黙々《もくもく》と重りを装着したレイトに向かって、アリアは最後の訓練内容を告げた。

「あとは実戦あるのみです‼　毎日私と組手を行いますよ‼」

「それはいいけど……仕事は大丈夫なの？」

一応レイトが尋ねてみると、アリアは満面の笑みでうなずいた。

こうして、格闘家の技能スキルと戦技を身に付けるため、レイトの激しい訓練の日々が始まった。中には子供には危険すぎる訓練も存在したが、レイトは補助魔法の筋力強化と回復強化を駆使《くし》して乗り越えるのだった。

訓練を続けて半年が経過した頃、レイトは見事に二つの技能スキルを習得したのだった。

〈技能スキル「剛力《ごうりき》」を習得しました〉

〈技能スキル「回避《かいひ》」を習得しました〉

◆◆◆

訓練漬けの毎日を送っているうちに、レイトが異世界に転生してから、十年の年月が経とうとしていた。

屋敷では、数日前からレイトの誕生日を祝うための準備が行われている。

使用人達はパーティの用意に明け暮れ、アイラとアリアもまた、10歳の誕生日を迎えるレイトへの贈り物作りに励んでいた。

しかし、レイトはずっと自室に引き籠もり、人前に姿を現さずにいる。というのも彼は、アイリスと屋敷を出る計画を練っていたのである。

いよいよレイトの誕生日が差し迫ってきたある日の昼、レイトは自室でアイリスと交信をする。

『アイムソーリー』

『誰に謝ってるんですか。もう名前ボケはいいですから……どうしました？』

律儀《りちぎ》に突っ込んでくれるアイリスに、レイトは尋ねる。

『あと少しで俺は誕生日を迎える。その日まで、ここにいられるかな？』

すると、アイリスは非情な事実を告げてくる。

『……誕生日にレイトさんの暗殺指令が下りますから、その日までいるのは危険です。もう既に、レイトさんの父親はあなたを殺すことを決意してます。今のレイトさんは森で生活できるほど強くなっていますから、急ですけど、今日屋敷を脱出しましょうか』

レイト自身にも分かっていたことだが、もはや猶予はないらしい。

彼は決意して言う。

『そうだね……でも、ここを離れる前に、あの内容以外にメッセージを残しておいてもいいかな』

『うーん。計画にはあまり影響はなさそうですし……別れの挨拶を書いておく程度ならいいんじゃないですか？』

『分かった』

『それでは今夜、決行しましょう。次の目的地までは私が誘導します……準備はいいですね？』

『ああ……いよいよだね』

レイトはアイリスとの交信を終えた。

時間停止が解けて動けるようになったレイトは、机に移動して羊皮紙《ようひし》と羽ペンを取り出す。

彼がこれから書き記すのは、遺書《いしょ》である。実は彼は、アイリスと相談しながら、自分が死んだことにするという偽装《ぎそう》工作を進めていたのだ。

レイトは手紙に、死ぬことを決意したという内容のほか、母親と使用人達への感謝の言葉を丁寧に書いた。それは偽装の意味合いでもあったが、本心でもあった。

それから彼は、収納魔法で異空間に収めた荷物を確認する。この収納魔法はレベルによって制限重量が拡張されていく。現在、レイトのレベルは20。このレベルであれば、1000キログラムまでの重量なら回収を行える。

異空間には、生活に必要な道具の他、アイリスのアドバイスによってレイトが生み出した数々のアイテムが収められていた。

ちなみに、レイトが仕組もうとしている偽装工作とは次のようなものである。

屋敷の裏には焼却炉《しょうきゃくろ》がある。そこに今夜、レイトの体格に近い魔物の骨を入れて火をつけ、彼が焼身自殺したと思い込ませるのである。そのことは遺書に書いておいたし、魔物の骨は形状変化によって、レイトの骨格そっくりに作り変えられている。

脱出の手はずを整《ととの》えたレイトは最後に、数年前にアイラとアリアから受け取った木箱と回復薬の硝子瓶を取り出した。

「このお守りは返しておこう。結局、使う機会はなかったな……」

もしかしたら、アリアからのプレゼントを大切にしたいという気持ちが、レイトの心の奥底に存在したせいで、使わなかったのかもしれない。

レイトは硝子瓶を机の上に置くと、木箱を見つめて首を傾げた。

「そういえば、この木箱の中身はなんだったんだろう？」

アイラから大人になるまで開けないように言われていたので、彼はそれを守り続けていた。しかし、このまま置いていくのならば、最後に中身を確認しておくことにした。

収納魔法の異空間から屋敷で回収しておいたフォークを取り出す。そして、形状変化を施して鍵に変形させると、木箱の鍵穴を入れる。

「よし……開いたっ」

開けてみると、ダイヤモンドのような綺麗な宝石が入っていた。

レイトは不思議に思いながら、それを取り出す。

「なんだこれ……」

彼はアイリスと交信して尋ねてみることにした。心の中でアイリスの名前を呼ぶと、彼女はすぐさま応答してくれる。

『それは、バルトロス王国の王族だけが持つことを許される、聖光石《せいこうせき》という物です。レイトさんは王族を追放された身ですから、もちろん持つことはできません。それは、アイラさんが国王の妻に迎えられたときに渡された物で、アイラさんはレイトさんに譲《ゆず》ろうとしていたようですね』

レイトは母親の愛情に涙を流しそうになったが、なんとかこらえた。

この贈り物は決して持ち出せない。そう思ったレイトは、心の中でアイラに感謝と謝罪をしながら、聖光石を木箱の中に戻した。

「よし、準備は終わったな」

そう口にすると、レイトはベッドの上に座り込んだ。そしてふと考えつく。今ならアリアにも普通に会えるのではないかと。

アリアはまだ暗殺指令を受けていないため、レイトの命を狙うことはない。それなら、今のうちに彼女と最後の会話しておくこともできそうだが……そこまで考えて彼は断念《だんねん》した。

決心が鈍りそうになったからだ。

「ふうっ……本当に殺されるのかな、俺……」

これから起こるという現実が受け入れがたく、彼は考え込む。

もしかしたらアイリスが自分を騙していて、本当は父親は彼の殺害を企《たくら》んでいないのかもしれない。

しかし、もちろんそんなはずはないことはレイト自身にも分かっている。アイリスは、レイトが生まれてきてからずっと、誰よりも彼を助けてくれたのだ。

「よし、ちょっと外に出るか」

部屋の中に閉じ籠もっていることにもいい加減飽きてきたレイトは、屋敷の中を見回ることにした。技能スキルの隠密を利用すれば、他の人間に気付かれる心配はない。

さっそくレイトはスキルを発動させ、部屋を抜け出した。

「母上とアリアにだけは見つからないようにしないとな……ん？」

レイトが廊下を移動していたとき、ふと物音が聞こえた。音がしたほうを向くと、いつもは閉まっているはずのとある部屋の扉が開いていた。

暗殺記録が書かれた本が隠されていた書庫である。

レイトは無音歩行のスキルを使い、扉に近付く。そして壁に身を隠し、扉の隙間から中を覗いてみた。

中には人がいた。

そして、その人物を確認した瞬間、レイトの背筋《せすじ》がゾクリとする。

「――標的の暗殺命令を確認。ただちに実行します」

アリアだった。

レイトは彼女の声をよく知っている。しかし、今の彼女の声音は、これまで彼が聞いたことがないほど冷たかった。

レイトは思わず声を上げそうになったが、咄嗟に自分の手で口を塞ぐ。そして、誰にも気付かれないようにして、その場を立ち去った。

◆　◆　◆

自室に戻って鍵を閉めたレイトは、即座に窓を開ける。そして外を見て誰もいないのを確認すると、勢い良く裏庭に飛び降りた。

落下の最中に、レイトはアイリスと交信を試みる。時間が停止して、レイトの肉体が空中に固定された。

『アイリス‼』

レイトが呼びかけると、アイリスはいつになく真剣な声で返答する。

『まずいですね、まさか誕生日の前に動くなんて……レイトさんに関わる未来があまり見えないとはいえ、今回ばかりは私の読みが浅かったです。すみません……』

『謝るのはいいから、今はどうすればいい⁉』

『待ってください……まだアリアは、レイトさんに正体がバレたと気付いていません。ですけど、レイトさんの部屋の中に入ったら間違いなく察知するでしょう。そのまま一気に敷地の外まで抜け出してください‼』

『あぁっ……くそっ‼』

悪態《あくたい》を吐きながら、レイトはアイリスとの交信を解除する。

出発前には、母親や他の使用人達の顔だけでも確認しようと考えていたが、そんなことをしている猶予はもうない。死体の偽装もしていないため、レイトが屋敷から逃げたことは瞬《また》く間に知られるだろう。

計画が狂ったことに動揺しつつ、レイトは鉄柵を乗り越えるために支援魔術師の補助魔法を発動する。

「筋力強化‼」

身体能力を限界まで上昇させ、さらに瞬脚を発動して移動速度を引き上げる。そのまま彼は一気に、鉄柵の近くに駆け寄った。

「いっ……けぇっ‼」

跳躍のスキルを発動し、レイトは全力で空中に飛び上がる。わずかに高度が足りなかったものの、すかさず足元に氷塊の魔法を発動して足場を浮かべる。

レイトはその円盤に着地して再び跳躍し、見事に鉄柵を飛び越えた。

「やった‼」

つい喜んでしまったが、そんな余裕がないことを思い出し、彼は急いで森の中に飛び込む。

森の中から、レイトは一瞬だけ後方を確認する。遠視と観察眼のスキルを同時に使って、自分が飛び出した部屋の窓を見た。

開け放たれた窓の側には、アリアがいた。

彼女はレイトが消えたことを悲しんでいるのか、心配しているような表情を浮かべている。

レイトはいつも通りの彼女だと思ってしまったが……彼女の手に短剣が握りしめられているのに気付いて戦慄《せんりつ》する。

そのとき、ほんの一瞬アリアと目が合った。レイトは急いでアリアから視線を外すと、そのまま樹木の隙間を潜《くぐ》り抜けて森の奥深くへ前進する。

「なんでだよ……アリアッ‼」

走りながら、レイトはたまらず叫んだ。

二年前からアイリスに報告されていたとはいえ、実際にアリアの行動を目《ま》の当たりにすると涙が流れてしまった。

彼は泣きながら、森の中を駆け抜けていく――

一時間後、レイトは追跡者を警戒しながらも、まだ森の中を移動していた。

最初は地面を走っていたが、途中からは足跡《あしあと》を極力《きょくりょく》残さないように樹木の枝の上を次々に跳躍していく。

レイトは、立ち止まってアイリスと交信する。

『アイリス、追手は？』

『屋敷では、レイトさんが森へ逃げたことが知れ渡って、大騒ぎになってますね』

『そうか……アリアが教えたんだな』

アリアや他の使用人が追跡してくる可能性はまだある。だが、森の地理を把握している彼にとって、追っ手を撒《ま》くことはたやすいと言えた。

追跡者のことはひとまず置いておき、レイトはアイリスにさらに尋ねる。

『これから、どこに向かえばいいかな？』

『とりあえず、一夜を過ごせる場所を探しましょうか。どれだけ急いでも、広大な森を抜けるには三、四日はかかりますから』

『分かった、ありがとう』

アイリスに礼を告げて、交信を解除する。

それから彼はアイリスの助言通りに、安全に寝泊まりできる場所を探すことにした。

その前に、収納魔法の異空間から、薬草をすり潰《つぶ》した粉末の入った小瓶を取り出す。そして周囲の警戒を怠《おこた》らないようにしながら、粉末を自分に振りかけた。

途中、粉が鼻に入り、くしゃみをしてしまう。

「へっくしょん……もったいないなぁっ」

薬草の匂いを全身に付けることで、魔物に見つかる危険性が減るのである。

続いてレイトは収納魔法を発動して異空間を探る。彼が取り出したのは短剣だった。この短剣は、食事用のナイフを錬金術師のスキルで改造したものだ。

「氷装剣だと魔力を消費するから一応これを携帯《けいたい》しておこう。できれば剣が欲しかったけど、さすがにナイフから剣は作れないしなぁ」

その後、レイトは木々の間を跳躍して移動した。しばらくして段々疲労を感じてきた彼は、一度立ち止まる。

「さすがに少し疲れたな、ちょっと休むか」

追跡者や魔物が近くにいないことを確認し、レイトは地面に降りる。

「ふうっ……雨が降りそうだな」

ため息を吐きながら見上げると、空は灰色の雲に覆われていた。

雨が降れば飲み水を確保できるが、身体を濡《ぬ》らすことで風邪《かぜ》を引く恐れもある。一刻も早く雨をしのげる場所を探さなければならない。

そう考えたとき、彼は遠くのほうに岩壁を見つけた。

「……あそこに入ろう」

岩壁までたどり着くと、レイトは両手を岩壁に重ねて、形状変化を発動した。

「せぇのっ‼」

魔力を込めると、岩壁が変化していく。やがて岩壁は人間が入れるほどの洞窟《どうくつ》となった。

さっそく中に入って休んでいると、雨の音が聞こえてきた。

「おっ降ってきた」

雨足は時間が経過するほど強まっていく。洞穴を作っていなければ、ずぶ濡れになったことだろう。そう思って彼は、安堵の声を出す。

「運が良かったな。それにしても、錬金術師のスキルは便利だね」

降り注ぐ雨を見つめながら、レイトが体を休めていると、冷たい外気が穴の外から入り込んでくる。

「少し寒いな。一応は塞いでおくか……ん⁉」

レイトが出入口の部分を塞ごうとしたとき、雨音に紛れてこちらに近付いてくる足音が聞こえてきた。

追っ手かと警戒するが、すぐにその足音が人間のものでなく、また敵意もないものだと気付く。すぐに一頭の魔獣が洞穴の中に入り込んでくる。

「クゥ～ンッ」

「……狼？」

やってきたのは、全身が真っ白で小柄な狼だった。その狼は洞窟の中にいたレイトをじろりと見たが、特に反応を示さずに近寄ってくる。

「ウォンッ‼」

「うわ、びっくりした」

いきなり狼が身体を震わせて、水飛沫を飛ばした。

やはり狼にレイトを警戒する素振りはない。それどころか彼の目の前まで歩いてきて、立ち止まり、顔をすり寄せてくる。

「クゥ～ン」

「お前……怖くないのか？」

レイトが尋ねると、狼がその場で伏せの体勢を取った。もしかしたら油断を誘って襲いかかってくるのかもしれない。そう思って警戒したが、狼からは依然《いぜん》として敵意は感じられなかった。

レイトはアイリスに聞いてみることにした。

『アイリス、この子は魔物だよね。全然警戒してないみたいだけど……いったい？』

『その狼は白狼種《はくろうしゅ》ですね。この森の主《ぬし》である大狼の子供でしたけど、その親を魔物に殺され、一匹で生きています。レイトさんを警戒していないのは、レイトさんが敵意を向けていないからです』

『俺の敵意？』

あまりピンと来ていないレイトの心中を察して、アイリスは補足《ほそく》する。

『この森に生息する全ての生物は、同族以外とは基本的に敵対しています。ですが、中には力の弱い魔物の個体同士で、力を合わせて共生することもあるんです。この白狼種は親を亡くしてから、森人族《エルフ》の人間に育てられていた時期があるようですね』

『魔物を森人族《エルフ》が……猟犬にでもしようとしていたのかなぁ』

レイトはそう言って、白狼種を見る。

白狼種は時間停止の状態の中でも彼を見つめており、何かを伝えようとしているように感じられた。

『既にその白狼種を育てていた森人族《エルフ》は死んでいますね。その人が住んでいた家が近くにありますから、そちらに移動しましょうか』

『家？　森の中にそんなものがあるんだ』

『家といっても、普通の建物じゃないですよ。洞窟を改造して住んでいたようですね』

レイトは交信を終え、改めて白狼種を見る。

白狼種は黙ったまま、レイトのことを観察するように動かなかった。レイトはお腹が空《す》いているのかもと思い、収納魔法から干し肉を取り出した。

「ほら、お食べ」

「ウォンッ‼」

白狼種は干し肉にかじりつき、美味しそうに頬張《ほおば》る。

それからレイトは、アイリスの助言通りに、エルフが住んでいたという空《あ》き家まで移動することにした。

「氷塊」

頭上に傘《かさ》代わりとなる円盤型の氷塊を浮かべる。そして洞穴から出ようとすると、肉を食べ終えた白狼種が彼のあとに続いてきた。

「ウォンッ‼」

「わっ……」

少し驚きながらレイトが手を差し出すと、白狼種は頭をすり寄せてくる。

その仕草に、レイトは元の世界で幼い頃に飼《か》っていた子犬を思い出してしまった。なんだかずいぶん懐《なつ》いてくれたみたいなので、この白狼種を連れていくことにした。

名前は、飼っていたペットの名前をそのまま付けた。

「よし……お前の名前は今日からウルだ」

「クゥ～ンッ？」

「よろしくな、ウル」

ウルと名付けられた白狼種は、返事をするように元気良く吠《ほ》えた。

「ウォンッ‼」

◆◆◆

雨の中を、レイトとウルが一緒に移動する。向かう先は森人族《エルフ》が住んでいた洞窟だ。

やがて、レイト達は大きな滝《たき》に到着した。

「ここか」

「ウォンッ‼」

道中でアイリスから教わった通りに滝の裏側に移動すると、洞窟の入口が見つかった。

レイトはウルを引き連れ、その洞窟の内部へ進む。中には、人が住めるほど大きな空間が広がっていた。

「本当に人……いや、エルフが住んでいたんだな」

「クゥ～ンッ」

洞窟の中には家具があり、天井にはランタンが掲げられている。レイトは異空間から火打ち石を取り出すと、ランタンに火を灯した。

「これでよし。埃《ほこり》があんまりないし、最近まで住んでいたのかな」

レイトが洞窟内をあちこち見回していると、ウルがいつの間にか皿を咥《くわ》えて近付いてきた。

「ウォンッ‼」

「それがお前のご飯用のお皿か？」

ウルは同意するように「ワフッ」と鳴き、レイトの前に皿を置く。

レイトは収納魔法を使い、異空間から魔物の肉を取り出す。肉を皿の上に置いてあげると、ウルは尻尾をブンブン振りながら食らいついた。

「ガツガツッ」

「美味しそうに食うね。行くあてもないし、ここを拠点《きょてん》にするかな」

そう言ってレイトは伸びをする。

雨が降ったことで、彼等の足跡は流されるだろう。また、追跡者はこんな場所までたどり着かないはずだ。そう考えたレイトは、この洞窟にしばらく住むことを決めた。

それから壁にかけられた毛布を発見すると、彼は身体を温めるためにくるまる。あまり良い肌触《はだざわ》りではなく、屋敷の柔らかいベッドが恋しくなってしまった。

「……これまでは本当に恵まれた環境だったんだな」

急に疲れを感じ、レイトはうとうとし始める。

寝ているときに魔物が襲いかかってくる可能性もあるが、レイトは気配感知の技能スキルを習得している。このスキルがあれば、敵意を持つ存在が近付くと事前に察知できるのだ。

やがて眠気《ねむけ》に耐えられなくなってきたレイトは、ちょうど肉を食べ終えたらしいウルに声をかける。

「おやすみ」

「ウォンッ……」

その後、レイトはすぐに眠ってしまった。ウルは食事をしたことで満足したのか、レイトと同じように瞼《まぶた》を閉じた。

この日からレイトは、この洞窟に住むことになった。

初めはすぐに出るつもりだったが、それから長いこと、ウルとともにここで過ごすことになるのだった。

12

洞窟に住むようになってから、既に二年が経過した。

レイトはウルを猟犬のように育て上げ、森の中に生息する魔物を毎日のように狩り続けている。

今、レイトとウルが狙っているのは、ホーンラビットよりも肉が美味い、ブタンと呼ばれる猪型《いのししがた》の魔獣だ。

ウルは成長して身体が大きくなったが、ブタンはウルよりもさらに一回り大きい。それでもウルは、体格で勝るブタンを果敢《かかん》に追いかけ回していた。

「ガアアッ‼」

「プギィイイイッ⁉」

オークのような鳴き声を上げ、ブタンは必死に逃げる。

ブタンは体格こそ大きいものの、基本的には温厚《おんこう》な魔物である。その一方で、力はオークの比ではなく、突進すれば巨木さえも薙《な》ぎ倒すほどだ。

だが、追いかけるウルはブタンよりもはるかに強い。ウルは弾丸のような速度で、研《と》ぎ澄まされた牙と爪で攻撃を繰り出す。

「ガアッ‼」

「プギィッ⁉」

ウルの爪が、ブタンの急所を切り裂いた。

その光景を、レイトは木の上からじっくりと観察している。そうしてブタンに狙いを定め、弓矢を構えた。

「……ふっ‼」

「プギィイイイッ⁉」

放った矢がブタンの眼球を射抜《いぬ》く。ブタンの巨体が地面に倒れ、やがて動かなくなった。

レイトが地上に降りると、ウルは即座に駆け寄ってきた。

「よくやった、ウル」

「ウォンッ‼」

主人であるレイトに褒められ、ウルは嬉しそうに尻尾を振り回す。

レイトはウルを撫《な》でてあげた。

彼が森の中で生活をするようになって長いが、森を抜けた先にある人里には行ったことがなかった。

その理由は、アイリスが行ってはいけないと言ったため。

彼女によると、近辺の村や町にはレイトの手配書が配《くば》られているのだという。レイトは、犯罪者として王国から指名手配されているのだ。

レイトが屋敷を抜け出したことは、もちろん国王の耳にも届いている。

それで国王は、レイトが国外に逃げてしまうことを恐れ、領地に存在する全ての都市や街にレイトの手配書を配ったらしい。

彼の罪状は、反逆罪。高額の賞金首として扱われている。

子供が一人で森に行った時点で、生き残れるはずがない。そう考えるのが普通であるが、国王はそうではなかった。

子供ながら単独で逃げおおせたレイトに、並々ならぬ警戒心を抱いたのだ。

ともかくそういうわけで、レイトは人里に近寄ることができず、森の中で生活するのを余儀《よぎ》なくされていた。二年が経った現在でも、レイトの指名手配は一向に解除される気配はない。

ブタンの肉を解体しながら、レイトはウルに声をかける。

「今日はブタンの鍋料理にしよう。いや〜、調理のスキルは本当に便利だな」

「ウォンッ‼」

森で暮らしているうちに、レイトは念願の技能スキルの調理を習得した。

このスキルのおかげで、料理が上手くなっただけでなく、野草を利用して簡単な調味料も作れるようになったのだ。

また、この二年間でレイトは弓矢の腕も上げた。ちなみに、弓は木材から作り、鏃《やじり》は屋敷から回収しておいた金属を形状変化で作成している。

彼は、その他にも調合といった役に立つスキルなどをたくさん獲得していた。

ブタンの肉を解体していると、遠くのほうで雷が鳴る音がレイトの耳に入った。

「おっ……雨が降りそうだな、早く解体しないと」

「クゥ〜ンッ」

「見張りは頼んだぞ」

レイトの言葉にうなずいたウルが、周囲の警戒をしてくれる。ウルのおかげで、レイトは安心して解体作業を進めることができた。

やがてブタンの解体作業を終えると、レイトは素材や食料に使えない部分を一ヶ所にまとめて軽く土をかける。

「これで良し。あとは他の魔物の餌《えさ》用に、ここに残しておこうか」

レイトがそう言うと、ウルが抗議をしてくる。

「ウォンッ‼」

「文句を言うなよ。欲張って独《ひと》り占《じ》めしちゃいけないよ」

「クゥンッ……」

レイトがウルを優しく叱ると、ウルは大人しく従ってくれた。森で暮らしているうちに、彼はウルと意思疎通《そつう》ができるようになったのだ。

狩りを終えたレイト達は、自分の家に帰っていった。

無事に滝の裏にある洞窟に帰還した。

レイトは、ホーンラビットの燻製肉《くんせいにく》をウルに与え、自分は焼き魚とオークの肉や野草を混ぜ合わせたスープを飲む。この世界には、地球と同じような野菜は存在するが、肉類に関しては魔物の肉が主流だ。

レイトはスープを味わいながらも、元の世界の料理を思い出してため息を吐く。

「う～んっ。味噌があれば豚汁を作れるんだけど」

思わず、ないものねだりをしてしまうレイト。

彼は食事を中断して、ウルに目を向ける。ウルは既に自分の食事を終え、横になって眠り込んでいた。

レイトは自分の毛布を取り出すと、ウルにかけてやる。

「よしよしっ」

起こさないようにウルの頭を撫で、食事を再開しようとしたそのときである。

気配感知の技能スキルに、反応があった。どうやら出入口のほうから、何者かが近付いてくるようだ。

レイトは、息を殺して壁に立てかけていた弓矢を手に取る。そして、無音歩行で足音を立てずに出入口に移動した。

視線を向けると――洞窟の前に立っていたのはゴブリンだった。その手には、なぜか果物を抱えている。

「ギィイッ‼」

「お前は……」

レイトはそのゴブリンの姿を見て表情を和らげると、構えていた弓矢を下ろした。そして、ゴブリンに恐れることなく近付く。

ゴブリンはレイトに果物を差し出してくる。

「ギギィッ」

「今日はリコの実とミンの実か……ほら、オークの生肉」

「ギィイイッ‼」

レイトがゴブリンから差し出された果物を受け取ると、代わりにゴブリンはレイトから生肉を受け取った。それからゴブリンは鼻歌を歌いながら、嬉しそうに立ち去っていく。

こんなふうに、レイトがゴブリンと交流するようになったのは、今から一年ほど前のことである。


その日、レイトは森の中を移動中、オークに襲われているゴブリンを発見した。

別にそのゴブリンを助けるつもりはなかったが、オークの肉を手に入れるために、レイトはオークを倒した。

これが結果的に、ゴブリンの命を救うこととなった。

このときゴブリンは逃げてしまったのだが——翌日、ウルとともにレイトが狩猟《しゅりょう》に出かけると、そのゴブリンが現れた。

ゴブリンは両手に果物を抱えており、レイトに差し出してきた。

(もらえってことか?)

一瞬ためらったものの、ゴブリンから敵意を感じなかったというのもあって、レイトはその果物を受け取ることにした。

それ以来、ゴブリンはレイト達の前にたびたび姿を現すようになった。

ゴブリンが毎回果物を用意してくるので、いつしかレイトも受け取るだけではなく、自分から余った魔物の肉を出して交換するようになったのだ。

「それにしても、この辺りはあいつ以外のゴブリンをあんまり見かけないよな……なんでだろ?」

レイトが素朴《そぼく》な疑問を口に出す。

そしてしばらく考え、先ほどのゴブリンの境遇について考えを巡らす。

「うーん、もしかしたらあのゴブリンは、なんらかの理由で仲間からはぐれちゃったのかな? それで、この近くで単独生活を送っているのかも」

レイトがそう思ったのは、ゴブリンが持ち込んでくる食材の中に、魔物の肉が一切存在しないからだ。あのゴブリンは、地道に野草や果物を回収してレイトに渡すことで、自分単独では狩れない魔物の肉を受け取っているのかもしれない。

なんだか、レイトはゴブリンのことが急に心配になってしまった。

「あいつ……俺がいなくなったら大丈夫かな？」

「ウォンッ」

「わっ、お前も起きてたのか……」

いつの間にか、ウルがレイトの側に来ていた。

レイトの視線の先では、ゴブリンがレイトからもらった肉を抱えてスキップでもするように楽しげに歩いている。

レイトとウルは、ゴブリンが見えなくなるまで、その後ろ姿を見送るのだった。

◆◆◆

それから数日が経過した。

レイトとウルがいつものように狩猟を終えて洞窟に帰還すると、洞窟に異変が感じられた。

入口の前に砕け散った果物が散乱しており、さらには家具や道具、そして保管していた食材も荒らされていたのだ。

驚いたレイトは、手に持っていた獲物の肉を地面に落としてしまう。

「どうなってるんだ⁉」

「グルルルッ……‼」

動揺するレイトの横で、ウルは興奮したように牙を剥き出しにする。そして、ウルは地面を嗅ぎ回りだした。

レイトは落ちている果物を拾い上げる。

「出かける前に果物は全部食べたはず……ということは、これは新しく持ち込まれたものか！　あのゴブリンが持ってきたのか？　この荒らされ方を見ると人間の仕業《しわざ》とは思えないし、魔物がやってきたって考えるべきだろうな……」

レイトが状況を把握しているところに、ウルが何かを知らせるように吠えてきた。

「ウォンッ‼」

「……荒らした魔物の匂いを見つけたのかっ‼」

レイトの言葉にウルがうなずく。

地面に鼻を押し付けながら、ウルは案内するように移動し始めた。レイトは手早く準備を整え、ウルのあとに続く。

ウルは洞窟を出て、森に移動していった。

「ウォンッ‼」

「こっちか‼」

ウルは匂いを嗅ぎながら、猛スピードで走っていく。

レイトは瞬脚の技能スキルを発動しているのに加えて、筋力強化の補助魔法で身体能力を上昇させているため、ウルの速度にも問題なく付いていける。

「ガアアッ‼」

「どうした？」

唐突《とうとつ》にウルが立ち止まり、巨大な樹木の前で吠えた。

ウルが示したその方向を見ると、樹木の裏側から体長3メートルを超える、巨大な赤毛の熊が現れた。

「グガァアアアッ‼」

「でかっ⁉」

「グルルルッ‼」

全身、くすんだ赤色の熊型の魔物を前に、レイトとウルは後退りする。

レイトが観察の技能スキルを発動したところ、この魔物の地毛はこういう色ではないらしいことが分かった。

つまり、今赤黒く見えるのは、全身に返り血を浴《あ》びているから。確かに周囲には、強烈な血の匂いが充満《じゅうまん》していた。

赤毛の熊が大きな欠伸《あくび》をして、レイトを睨みつけてくる。

レイトは舌打ちし、即座にアイリスと交信を行う。

『アイリス‼』

すると、アイリスは準備していたのか、即座に教えてくれた。

『それはブラッドベアですね。別名は赤毛熊《あかげぐま》という、レベル3の魔物ですよ』

『レベル？　魔物にもレベルがあるの？』

『人間のレベルとは、ちょっと意味合いが違うんですけどね。魔物には、危険度に合わせて1から5のレベルが存在するんです』

そこでアイリスは一旦区切ると、さらに続ける。

『一般人でも討伐が可能なゴブリンは、レベル1。オークのような駆け出しの冒険者が戦える魔物は、レベル2。中・上級の冒険者でないと対応の難しい魔物は、レベル3。冒険者の中でもSランク相当の者しか対応できないのが、レベル4。そして、竜種をはじめとする神話級の魔物は、レベル5です。レベル5に至っては、最低でも国の軍隊を派遣《はけん》しなければ、対処できないほどなんですよ』

レイトは恐る恐る尋ねる。

『じゃあ、こいつは……』

『はい、レベル3ですから、めちゃくちゃ強いです。今のレイトさんでは分が悪い相手ですね。先手を打たなければ、殺されますよ』

『マジかよ。災難だな』

アイリスの言葉に、レイトは心の中でため息を吐いた。

交信を終えると同時に、時間停止が解除される。レイトは即座に弓矢を構えると、一気に撃ち抜いた。

「くらえっ‼」

「アガァッ‼」

矢は狙い通りブラッドベアの頭に飛んでいくが、ブラッドベアは牙で矢を受け止め、噛み砕いてしまう。

レイトは気を取り直して、すぐに次の攻撃に移る。

「氷装剣‼」

両手に氷の長剣を生み出し、刃に超振動を走らせて構える。

彼の氷塊の熟練度は、既に限界値の5である。そのため、氷の硬度も大幅に増しており、一度に生み出せる数も増えていた。

レイトは空中に巨大な氷塊の剣を生み出すと、氷塊の熟練度を最大値にまで上昇させたときに習得した、新しい技術スキルを発動した。

「氷刃弾《ひょうじんだん》‼」

「グアアアアアッ⁉」

氷の大剣が弾丸のように加速してブラッドベアに放たれる。

大剣はブラッドベアの分厚《ぶあつ》い毛皮を貫通して肉体に突き刺さり、ブラッドベアはそのまま後方に吹き飛ばされていった。

「グゥウウウウッ……⁉」

激しく肉体を損傷《そんしょう》し、ブラッドベアが膝をついた。

レイトはウルに指示を与える。

「よし‼　ウル、噛みつけっ‼」

「ウォオオンッ‼」

レイトの命令を受け、ウルが跳躍する。

弾丸のように自分の身体を回転させながら、ウルはブラッドベアの首に牙を突き立てる。

刃物のようなウルの牙がブラッドベアの首を切り裂くと、真っ赤な鮮血《せんけつ》が迸《ほとばし》った。

「グガァアアアアッ⁉」

「やった‼」

「ウォオオオンッ‼」

ブラッドベアが、名前の通り全身が血まみれになって倒れる。歓喜の声を上げるレイトとウルだったが、その直後に新たな異変を察知した。

「グガァアアアアッ‼」

倒したはずのブラッドベアの咆哮《ほうこう》が森の中に響き渡ったのだ。

そして、レイト達の近くにあった樹木が振動したと思ったら、再びブラッドベアが出現した。今しがた倒した個体よりも巨大で、体長は5メートルを超えている。

「なっ⁉　もう一匹いたのか⁉」

巨大ブラッドベアが樹木を薙ぎ倒して直立する。あまりの迫力《はくりょく》に、レイトとウルはともに動けなくなってしまっていた。

巨大ブラッドベアは地面に倒れているブラッドベアを目にすると、怒りの雄叫びを上げる。

「グガァアアアアアッ‼」

「やばいっ‼」

「ウォンッ‼」

危険を感じたレイトとウルが同時に飛んだ瞬間、巨大ブラッドベアは地面を殴りつけた。

直後、辺り一帯に衝撃が走る。

土が周囲に飛び散るのを見ながら、レイトも吹き飛ばされてしまう。

「なんて馬鹿力⁉」

一撃のあまりの威力に、レイトはただただ驚いていた。

ウルは木の上に移動すると、巨大ブラッドベアの首元に目掛けて突っ込んでいった。そのまま巨大ブラッドベアの首筋に噛みついたが、分厚い毛皮のせいで牙が通らないようだ。

巨大ブラッドベアはウルをギロリと睨むと、蠅《はえ》を振り払うように腕を叩きつけた。

ウルの肉体が、空中に吹き飛ばされてしまう。

「ギャンッ‼」

「ウル‼　このっ……氷刃弾‼」

「ウガァアアアアッ‼」

レイトが氷の大剣を生成して巨大ブラッドベアに放つが、両腕の爪でいとも簡単に弾き返される。

通常の魔法ではダメージを与えることはできない。レイトはそう考え、合成魔術を使用することにした。

「火球……からの火炎槍‼」

「グガァッ……⁉」

レイトは手のひらから火炎の槍を放ち、巨大ブラッドベアの腕に突き刺す。

現在のレイトの魔法は、炎耐性を持つオークでも焼き尽くせるほどの威力を誇る。それにもかかわらず、巨大ブラッドベアは腕にまとわりついた炎を、腕を振り回して消してしまった。

そうして、苛立《いらだ》ちの怒声《どせい》を上げる。

「ガアアッ‼」

「うわっ⁉」

レイトは頭上から振り下ろされた拳を後方に跳躍して回避し、次々と繰り出される攻撃を避けていく。

「おっと、このっ、危なっ⁉」

「グガァッ……⁉」

攻撃を回避し続けるレイトに、巨大ブラッドベアが狼狽《ろうばい》したような様子を見せた。

その一方で、レイトも焦《あせ》っていた。彼が巨大ブラッドベアの攻撃を避けられるのは、格闘家の技能スキルである回避のおかげ。このスキルがなければ、たちまち殺されていただろう。

巨大ブラッドベアの猛攻《もうこう》が緩んだ瞬間、レイトは手のひらを地面に押し付ける。そうして、土塊の魔法を発動させた。

「土塊‼」

「グアアアッ⁉」

巨大ブラッドベアの足元の地面が陥没し、大ブラッドベアは横転《おうてん》する。

その隙を突いて、レイトは初級魔法の一つ、火球の熟練度を限界値まで上げたときに発現した技術スキルを発動する。

「大火球《だいかきゅう》‼」

手のひらを上に構えると、通常の十倍以上大きい巨大な火球を生み出した。そしてそれを、倒れたまま巨大ブラッドベアの背中に叩きつける。

着弾した瞬間、火球は火柱と化し、炎は天に昇った。

「グギャアアアアッ⁉」

背中を焼却されて、巨大ブラッドベアが悲鳴を上げる。レイトは確実にとどめを刺すため、追撃する。

「火球……からの風刃‼」

左手に火球を発動させ、さらに魔法強化を発動した状態で、右手に風属性の技術スキルの風刃を同時に発動した。

すると、三日月状の風の刃が火球を吸収して火炎の刃となり、巨大ブラッドベアの顔面に向けて飛んでいった。

「グガァアアアアッ⁉」

「よしっ‼」

手ごたえを感じ、レイトはガッツポーズする。

巨大ブラッドベアは暴れ狂うが、下半身が地面に沈んでいるため、レイトに攻撃を当てることができない。

レイトが勝ちを確信したそのとき、後方からまた新たな咆哮が響き渡った。

「ウガァアアアアッ‼」

「なっ⁉」

振り返ると、そこには両手に魚を握りしめた別のブラッドベアがいた。

咄嗟に観察眼の技能スキルで確認したところ、このブラッドベアは一番最初にレイトが戦った個体の母親だった。どうやら今炎に呑み込まれている巨大ブラッドベアは父親だったらしい。

巨大ブラッドベアと比べると、体長は一回りほど小さいものの、それでも十分巨大だ。

母親ブラッドベアは自分の家族を攻撃するレイトを認識し、怒りの表情を浮かべて攻撃を仕掛けてきた。

「グガァッ‼」

「早いっ⁉」

母親ブラッドベアは、これまでのどの個体よりも攻撃速度が素早かった。

レイトは咄嗟に回避のスキルを発動して相手の攻撃をかわすが、母親ブラッドベアの猛攻は止まらない。

母親ブラッドベアは自分の側にあった樹木を一撃でへし折り、それを持ち上げて横に薙ぐ。

「ウガァッ‼」

「うわっ⁉」

咄嗟にレイトは跳躍し、木々の枝を飛び移りながら母親ブラッドベアの猛攻をしのいだ。

そうこうしているうちに、火炎から解放された巨大ブラッドベアが起き上がる。

「「ウガァアアアアッ……‼」」

二頭のブラッドベアの咆哮が森中に響き渡った。

レイトは絶体絶命《ぜったいぜつめい》の危機に陥ったことを自覚し、この状況でも生き残る術《すべ》を探すため、アイリスと交信する。

『アイリス‼』

『うーん、かなりピンチのようですね。私はレイトさんの未来に関しては把握できないんですから、気を付けてくださいよ。まあ、それはともかく二体のブラッドベアですか……』

『さすがに今日は魔法を使いすぎた。できればこれ以上長引かせたくないんだけど……』

『合成魔術は魔力を大きく消費しますからね。それなら、レイトさんお得意の剣技で倒したらどうですか？』

『あんな巨体を相手に剣が通じるの？』

レイトがそう尋ねると、アイリスはとんちのようなことを言いだす。

『普通の剣じゃ無理ですよ。だから、普通じゃない剣で対応してください』

『……分かった』

アイリスの言葉に内心でため息を吐き、交信を終える。時間停止が解除されると、レイトは地上に移動して二頭のブラッドベアと向かい合った。

「「グガァアアアアッ……‼」」

対峙《たいじ》するレイトに、二頭は警戒して距離を保つ。その隙にレイトは倒れているウルに近寄り、回復強化の補助魔法を施した。

「頑張れっ」

「クゥンッ……」

回復強化を施されたおかげでウルが意識を取り戻し、ゆっくりと立ち上がる。

幸いなことに、ウルは吹き飛ばされた際の衝撃で気絶《きぜつ》していただけで、他に大きな怪我はなかった。

ウルは戦闘意欲を失っておらず、ブラッドベアを睨んで牙を剥き出しにして唸る。

「グルルルルッ‼」

そんなウルに対し、レイトは陽動《ようどう》の指示を出す。

「落ち着けっ……お前は逃げ回ってあいつらの注意を引け。その隙に俺が止《とど》めを刺す」

「ウォンッ‼」

戦いたい気持ちでいっぱいのウルが抗議の声を上げる。しかし、レイトは首を横に振ってウルを叱った。

「文句を言うなっ……従わないなら今日のご飯は抜きにするぞ」

「クゥンッ」

やや不満そうにしたものの、ウルは即座に駆けだし、二頭のブラッドベアに向けて突進する。

「ウォオオオンッ‼」

「グガァッ⁉」

「ウガァッ……‼」

ウルが本気を出して駆け抜ければ、ブラッドベアの攻撃を回避することは容易い。しかもレイトの調教のおかげで、木々の枝の上を跳躍する技術も身に付けている。

こうしてウルは、二頭のブラッドベアの周囲を忙しなく移動して注意を引いてくれた。

「「ガアアッ‼」」

ブラッドベア達は腕を振り回すが、次々と木の間を飛び回るウルに当たることはない。レイトは敵を翻弄《ほんろう》するウルに感心しつつ、両手に意識を集中させる。

「氷装剣」

そう唱えてレイトが生み出したのは、巨大な両手剣である。

普通の長剣の四倍近くの刃の太さを誇り、さらに全長は軽く2メートルを超える。レイトは自分の身の丈《たけ》よりも巨大なその剣を、補助魔法の筋力強化と技能スキルの剛力を利用して持ち上げた。

さらに刃を振動させ、切れ味を最大限にまで高める。

彼は手負《てお》いの父親ブラッドベアから確実に仕留《しと》めるべく、ウルに新しい指示を出す。

「ウル‼　母親のほうを足止めしろっ‼」

「ウォンッ‼」

ウルはその命令にすぐさま反応し、母親ブラッドベアの顔面に飛びついて牙を片耳に食い込ませた。母親ブラッドベアが怯んで動きを止める。

すかさず、レイトが父親の巨大ブラッドベアに接近する。

「ウガァッ⁉」

父親ブラッドベアはレイトに気付き、両腕を振り上げる。

「グガァアアアアッ‼」

「旋風っ‼」

叩きつけ攻撃をしようとする父親ブラッドベアに対し、レイトは剣士の戦技を発動し、横薙ぎに大剣を振り払う。

大剣と父親ブラッドベアの腕が激突《げきとつ》し、地面に大量の血が舞い散った。

その血はもちろん、腕を切り裂かれた父親ブラッドベアから出たものだ。父親ブラッドベアは切られた腕を確認して、怒りに目を見開く。

「ガアアッ……⁉」

「終わりだっ‼」

レイトは大剣を構えたまま父親ブラッドベアに突進すると、その胸に大剣の刃を突き刺した。そして、振動した状態の刃が貫通したことを確認し、さらに戦技を発動する。

「兜割りっ‼」

「グギャアァアアッ――⁉」

胸に突き刺した大剣をそのまま振り下ろし、父親ブラッドベアを切り裂く。父親ブラッドベアは断末魔の声を上げると、そのまま地面に倒れ、完全に絶命した。

レイトは息を整え、ゆっくり後ろを振り返る。ちょうどそのとき、母親ブラッドベアに弾き飛ばされたウルが激突してきた。

「ギャウンッ⁉」

「うわっ⁉」

「ウガァアアアッ‼」

不意打ちを食らって転んでしまうレイト。その間に、母親ブラッドベアが怒り狂って急接近してくる。

母親ブラッドベアが倒れたままのレイトに襲いかかろうとした、絶体絶命のその瞬間――レイト達の後方から一つの影が飛び出した。

「ギィイイイッ‼」

「なっ⁉」

母親ブラッドベアの顔面に飛びついたのは、レイトと物々交換していたゴブリンである。

ブラッドベアに襲われていたのか、ゴブリンは血だらけだった。

ゴブリンは母親ブラッドベアの攻撃を受けながらも、必死にしがみ付いていた。

レイトは声を上げる。

「お前……俺達を守ろうとしてくれてるのか⁉」

「ギィイイイッ‼」

「ウガァアアアッ‼」

だが、ゴブリンの奮闘《ふんとう》も空《むな》しく、母親ブラッドベアはゴブリンの身体を両腕で掴み、簡単に引きはがしてしまう。

ブラッドベアの怪力で掴まれたゴブリンは、苦痛の表情を浮かべている。

レイトが咄嗟に大剣を構えて、助け出そうとしたが――

「グガァアアアッ‼」

「ギィアアアッ……⁉」

「やめっ……⁉」

母親ブラッドベアは、ゴブリンを握り潰してしまう。

ゴブリンの骨が粉々《こなごな》に砕け散る音が辺りに響き渡る。ゴブリンは口から血の泡《あわ》を噴き出し、ぐったりしてしまった。

レイトは歯を食いしばり、母親ブラッドベアに斬りかかる。

「お前ええええっ‼」

「グガァッ——⁉」

母親ブラッドベアの片足が斬り飛ばされる。

母親ブラッドベアは体勢を崩すが、レイトは母親ブラッドベアの反対の足を大剣で貫く。そうして地面に縫《ぬ》い止め、倒れることを許さない。

「ウガァアアアッ……⁉」

「うるさいっ‼」

レイトは大剣を手放すと、続けざまに両手に氷装剣を発動し、ブラッドベアの肉体を何度も斬った。

怒りで我を忘れた彼は、斬撃《ざんげき》を浴びせかけ続ける。

「あぁあああああっ‼」

「ガァアアアアッ……‼」

そして、母親ブラッドベアの頭部に両手の剣を突き刺した瞬間——後方から近付いてきたウルが、レイトを引き留めようと服の裾《すそ》に噛みつく。

「ウォンッ‼」

「はっ……はあ、はあっ……⁉」

母親ブラッドベアは、血まみれになって完全に死んでいた。

レイトは両手の剣を手放して、ウルを抱きしめる。そんな彼の顔面をウルが優しく舐める。

「……ありがとう」

「クゥンッ……」

それから、レイトとウルはゴブリンのもとに跪《ひざまず》いた。

ゴブリンは絶命していた。

どうしてゴブリンは命を懸《か》けてまで自分達を救おうとしてくれたのか、レイトには分からなかった。だがいずれにせよ、彼等は助けられた。もしゴブリンが注意を引いてくれなければ、レイト達は殺されていただろう。

レイトは、せめてゴブリンを埋めてあげようと思い、その身体を抱き上げる。そしてそのまま自分達の住む洞窟に戻っていった。

そうして彼は、友達になれたかもしれないゴブリンのことを思い、ゆっくりと帰還していったのだった。

13

ブラッドベアの討伐を果たしてから数日後。レイトはその悲劇《ひげき》を忘れるように、大剣の訓練にひたすら励んでいた。

これまで彼は長剣ばかり使っていたが、ブラッドベア戦で大剣の破壊力と攻撃範囲の広さを実感し、より巧みに扱えるようになりたいと考えたのだ。

両手両足に重りを付け、レイトは大剣を振り続ける。

「はあっ‼　せいっ‼　やああっ‼」

ゆっくりとした攻撃しかできないが、それでも、日ごとに素振りの速度が上がっていることは確かだ。

一旦手を止め、レイトは一息つく。

「ふうっ、もっと力を付けないとな」

魔術師系の職業は、剣士や格闘家と比べて身体能力が大きく劣る。ただし地道に訓練を続けることで、能力を伸ばすのは不可能ではない。

レイトは大剣を振り上げ、戦技を発動する。

「兜割り‼　旋風‼」

大剣を上段から振り下ろす兜割りと、横に薙ぎ払う旋風を立て続けに放った。レイトが扱える剣の戦技は、今のところこの二つだけである。

それから彼は、剣技のバリエーションを増やすべく、剣を持ったまま他の戦技を発動してみる。

「回し受け‼」

レイトの思惑《おもわく》通り、回し受けはこれまでとは違う動きをした。

普段は両手を回して受け流す動きになるのだが、大剣で円を描くような動作になったのだ。

「剣を持った状態で戦技を発動すると違う動きになるのか。戦技は、状況によって動作が変わるのかな」

続いてレイトは、大剣を持ったまま跳躍のスキルを発動し、さらに旋風を使用してみた。するとと勢いよく飛び跳ね、着地した地点で剣を振り回す動作になった。予想外の動きに、レイトはつんのめってしまう。

「うわっ⁉　大剣は扱いが難しいな……あれ？」

続いて彼の視界に、画面が表示される。

〈戦技「回転」を習得しました〉

新たな戦技を習得できたことを喜びつつ、さっそく使ってみる。

「回転‼」

発動と同時に、レイトは一回転して大剣を振り回した。楽しくなって、彼は何度も回転のスキルを発動させる。

「回転‼　回転‼　回転‼」

ベーゴマのように大剣を振り回しながら、回転するごとに剣速が増していることに気付いた。慣れてくると、攻撃方向もある程度操作できるようになる。

調子になって回転を連発していると、レイトの手首に激痛が走った。

「あいたぁっ⁉」

レイトはその場に倒れ込んでしまう。

大剣を手放して、補助魔法の回復強化を発動する。ゆっくりと痛みが収まっていくのを感じながら悪態をつく。

「いててっ……くそ、まだ剣の重みに身体が耐え切れないのか。基本からやり直して、筋肉を鍛えなきゃ駄目だな」

レイトは、今日のところは訓練を終わらせることにした。その場で休憩していると、ホーンラビットを口に咥えたウルが現れる。

「クゥーンッ」

「あ、ウル、帰ってきたのか。獲物を捕まえたんだね、偉いぞ」

ウルを誉《ほ》めながら、レイトはこの場で食事の準備することに決めた。

「よし、今日はここで焼肉にするか」

「ウォンッ‼」

さっそくホーンラビットの毛皮を剥ぎ取り、焚火の準備に取りかかる。

そうしながらも大剣の訓練で力不足を感じたのを思い返したレイトは、成長するためにも食事の量を増やすことにした。

「早く大きくならないとな。よし、これからはもっと肉を食うぞ。お前も一緒に強くなろうな」

「ウォンッ‼」

レイトの言葉に同意するようにウルが鳴く。

この日からレイトの食生活が一変する。身体を大きくするために様々な魔物の肉を食べるようになったのだ。ちなみに、ウルも食事量が多くなり、順調に成長している。

ブラッドベアとの戦闘で、レイトは自らの力不足を思い知らされた。屋敷を抜け出すまでにできるだけの準備はしてきたつもりだったが、それでもまだまだ厳《きび》しいことをレイトは実感したのだった。

◆　◆　◆

ある雨の日、レイトは新しいスキルを身に付けるため、目隠しをして鍛錬していた。

習得しようとしているのは、心眼《しんがん》という技能スキルだ。

これは、視覚が封《ふう》じられた状態でも周囲を把握できるようになるスキルで、一流の剣士や格闘家が習得でき、覚えている人間の数は非常に少ない。なお、心眼を覚えるためには、視覚以外の感覚を研ぎ澄ませる必要がある。

今、レイトは、目隠しをして洞窟の中で座禅《ざぜん》をしている。外から聞こえてくる雨の音を聞きながら、自分の周りを暇そうに歩いているウルの気配を感じ取っていた。

なかなかスキルを習得することができず、レイトは愚痴《ぐち》をこぼす。

「やっぱり、スキルを身に付ける速度が落ちているな……俺も年か」

すると、どこからか声が聞こえてきた。

『まだ十分にお若いでしょう。レイトさんにはこれからもっとスキルを身に付けてもらうんですから、弱音《よわね》を吐かないでください』

「あれ？　交信してないのにアイリスの声が聞こえた気がする……気のせいか」

「クゥ～ンッ？」

一人ブツブツ喋《しゃべ》る主人に、ウルは首を傾げている。しかしそれ以上は気にしないことにしたらしく、ウルは欠伸をしてからそのまま眠ってしまった。

レイトは、ウルの気配をおぼろげに感じ取りつつ、再び集中する。

「ふうっ……」

感覚を研ぎ澄ませていると、何も見えないはずの彼の視界に異変が生じだす。

最初に見えたのは、背後に存在するウルの姿だった。多少は輪郭《りんかく》がぼやけているものの、幻とは思えないほどはっきりと確認できる。

このときレイトは、自分の視界が周囲を360度認識していることに気付いた。

実は彼は、心眼の訓練には二年前から取り組んでおり、過去にも似た感覚に陥った経験があった。気配で背後にある物体が見えたことがしばしばあったのだ。

そのときのことを思い出しながら、レイトはウルの姿をじっくり見つめる。

最初はぼやけていた輪郭も段々見えるようになり、ウル以外の存在も認識できるようになっていった。その後も集中し、寝床や、壁に立てかけてある弓矢、調理器具のある場所まで見えるようになった。

レイトは意を決して立ち上がると、ウルに近寄る。

「ウル、風邪ひくぞ」

「クゥ〜ンッ……？」

レイトがウルに毛布をかけてやると、ウルは驚いて身を起こした。レイトはウルの頭を優しく撫で落ち着かせる。それからウルのもとを離れて周囲を見回す。

視界が封じられているにもかかわらず、レイトは洞窟内の物体を完全に認識できていた。落ちていたスプーンを拾い上げる。

「あっ……なくしたと思ってたスプーンだ。ここにあったのか」

洞窟内が完全に見えるようになったレイトは、今度は洞窟の外に移動することにした。慣れ親しんだ洞窟の中だけではなく、多少の危険を冒してでも、心眼の感覚を確かめたいと思ったからだ。

「雨がうるさいな……」

洞窟の外は、雨が激しく降り注いでいた。音がここまでうるさいと、聴覚《ちょうかく》でさえ頼りにならない。

この状態で魔物に遭遇したら危険だということは分かっていたが、レイトは不思議と恐怖を感じていなかった。

「こっちだな」

レイトは視覚と聴覚をほぼ封じられた状態のまま、樹木の隙間を縫って歩きだす。

心眼習得の画面はまだ現れていない。スキルを習得したわけではないのだが、彼は恐れることなく進んでいった。

しばらくして、敵の気配を感じ取った。その直後、前方から豚のような鳴き声が聞こえ、彼の前に2メートルを超えるオークが現れる。

「プギィイイイッ‼」

「オークか。氷装剣」

レイトは心の目で、オークが石斧を持っているのを確認していた。彼は応戦するために、氷塊で長剣を生み出して構える。

「プギャアアアッ‼」

「こっちにもいるんだろ？」

「プギィッ⁉」

大声を上げる正面のオークを無視し、レイトは背後の木陰《こかげ》から様子を伺《うかが》っていた別のオークを振り返る。そして、そのオークのほうに走り寄って斬りつけた。

「せいっ‼」

「プギャアアアッ⁉」

「プギィイイッ⁉」

完全に油断していたオークは頭部を吹き飛ばされて絶命した。

続けてレイトは、最初に現れたオークに氷剣を投げつける。命中と投擲の技能スキルの効果も手伝い、剣はオークの胸元を貫いた。

「プギャアッ……!?」

「悪いね。なんか調子良いみたい」

あっという間に二匹のオークを倒してしまった。

これまでの気配感知では相手の位置程度しか認識できなかったが、今は相手がどのような武器を身に付けているのかさえ知ることができる。

そして、感覚が鋭敏《えいびん》になったレイトは、さらにもう一体の敵が近付いてきていることを感じ取った。

「さてと、そろそろ戻るか……あいつを片付けてから」

そう言ってレイトは、新たに氷装剣を発動させる。さっきまでの長剣ではなく、ずっと訓練を繰り返していた大剣だ。

レイトが身構えていると、巨大な生物が樹木を掻き分けて現れた。

「ガアアッ……‼」

「コボルト……いや、でかいなおい‼」

レイトの前に出現したのは、体長が3メートルを超えるコボルトだ。通常の個体よりもはるかに大きい、亜種《あしゅ》と呼ばれる突然変異種である。

コボルトの亜種は、オークの死体とレイトを交互に見て、牙を剥き出しにした。

「ガアアアッ‼」

「おわっ」

叫び声とともに、コボルトの亜種がレイトに腕を突き出してくる。レイトは大剣の刃に超振動を走らせ、コボルトの亜種の手を斬りつけた。

大剣に触れた瞬間に腕を切り裂かれ、コボルトの亜種は悲鳴を上げる。

「ギャウンッ⁉」

「でかい奴を相手にするのは慣れっこだよ‼」

ブラッドベア三体を倒したレイトにとって、コボルトの亜種など脅威ではない。レイトは大剣を振り上げ、コボルトの亜種の胸元へ向ける。

「回転‼」

「ギャアアアアッ⁉」

戦技「回転」を発動し身体を一回転させ、刃をコボルトの亜種の肉体に差し込み、胴体を切り裂く。

コボルトの亜種が断末魔の声を上げて倒れたのを確認したレイトは、大剣を手放して目隠しを取った。

すると、彼の視界に画面が出現した。

〈技能スキル「心眼」を習得しました〉

「よしっ‼」

レイトは思わずガッツポーズをしたが、その直後、頭に痛みが走り膝をついてしまう。長時間、心眼の訓練を続けた影響なのか、レイトの精神的疲労は極限に達していたらしい。魔法を使用しすぎて気絶したときと同じくらいの疲労感である。

たまらずその場に座り込むレイト。

そのまま彼は、しばらく休憩することにした。

「さすがに無理をしすぎた。このスキルはそう何度も使えないな」

心眼は便利なスキルだが、疲労も大きいようだ。

しばらく休憩して調子が戻ってきたレイトは、ゆっくりと立ち上がると、コボルトの亜種に目を向ける。

その身体は損傷が激しく、素材に使えそうな部分はなかった。

「回収は無理だな。そろそろ戻らないと……なんだこいつ？」

コボルト亜種の背中には、レイトが付けた覚えのない大きな傷があった。また、よく見ると右足の毛皮の一部も千切れている。

「どういうことだ？　まさか人間がここに……？」

さっそくレイトは、アイリスに尋ねる。

『アイリッシュ‼　こいつにある傷はなんなの⁉』

こんなときでもボケを忘れない彼に、アイリスが呆れて応答する。

『いえ、微妙に違いますから。それはそれとして……そのコボルトはこの森の主と遭遇したようですね。戦闘に敗れてここまで逃げてきたところで、レイトさんと遭遇したようです。南無南無《なむなむ》……』

『森の主って……ウルの親って前に言ってたっけ？　でも死んじゃったんだよね』

『以前の森の主を殺した魔物が、新たな森の主に成《な》り代わったんです』

『なるほど……つまりはウルにとっての親の仇《かたき》ってことか』

『そうなりますね。今のレイトさんだと絶対に敵《かな》いませんから、間違っても勝負を挑もうなんて考えないでくださいよ。相手はこの森の中で最強の生物なんですから』

『分かってるよ』

アイリスとの交信を終えたレイトは、その場をあとにしたのだった。

14

レイトが屋敷を抜け出してから、四年の歳月が過ぎた。

14歳になったレイトは現在、ウルとともに森で生活している。

ちなみに彼等の住処《すみか》は、滝の裏の洞窟ではなく別の場所だ。ブラッドベアの一件があってから、魔物に襲われないような別の洞窟に居を移したのだ。

「よし、狩りに出かけるか」

「ウォンッ‼」

レイトとウルが、ともに洞窟を出ていく。

この四年の間に、レイトの肉体はずいぶんと成長し、身長は150センチまで伸びた。髪は、肩にかかる程度の長さに自分で切り揃《そろ》え、顔立ちは多少凛々《りり》しくなっている。男性の割に女性らしく母親似で、美少年と言ってもいいかもしれない。その一方で、過酷《かこく》な生活を乗り切ったことで、筋肉もだいぶ付いた。

成長したのはレイトだけではない。ウルもここ数年で身体が大きくなり、馬にも負けないほどの大きさになった。移動の際には、なんとレイトを背に乗せて走ることもできる。

レイトが背中にまたがると、ウルは即座に走り始めた。

「ウォオオンッ‼」

「おお、速い速いっ」

森の中を駆け抜けながら、レイトは獲物を探す。

今日の彼等の獲物は、ブタンが成熟した個体、オオブタンである。サイズは、普通のブタンよりも一回りも大きい。

すぐに、そのオオブタンを発見した。オオブタンもレイト達に気付き、威嚇《いかく》してくる。

「プギィイイイッ‼」

「よし、見つけたっ‼」

「ガアアッ‼」

すぐさまオオブタンは戦闘態勢に入り、レイト達に突進を仕掛けてくる。ウルはレイトを乗せたまま跳躍し、オオブタンの巨体を回避して後方に回り込んだ。

「プギィッ⁉」

「よし、下がってろウル‼」

「ウォンッ‼」

レイトがウルの背中から飛び降り、オオブタンに接近して拳を構える。そうして彼は、技術スキルの重撃を放った。

「おらぁっ‼」

「プギャアアアアッ⁉」

分厚い毛皮と脂肪に覆われたオオブタンの肉体に拳が当たると、オオブタンの巨体は吹き飛んでしまった。

レイトは笑みを浮かべつつ、氷装剣を発動して大剣を生成する。

そして跳躍で吹き飛んでいる最中のオオブタンに追いつき、地面に落ちる前に大剣を振り下ろす。

「兜割り‼」

「ブヒィイイイイイッ⁉」

大剣がオオブタンの胴体を切り裂き、二つに裂かれた肉体が地面に転がった。レイトは氷装剣を解除して、ウルを呼び寄せる。

「よし、半分は今食っていいよ」

「ウォオンッ‼」

ウルは喜びの声を上げ、さっそくオオブタンを食べ始めた。レイトはその横で、残されたオオブタンの解体作業を行い、素材を手際良く回収する。

「今日は肉鍋だな。あれ、なんだこれ？」

解体作業中、レイトはオオブタンの体内から赤色の宝石を発見した。それを手に取ってみると、宝石は熱を帯びているのが分かった。

不思議に思ったレイトは、アイリスに交信する。

『アイリス……あ、いや、アイルランド』

『いや、最初に普通に名前を呼びましたよね⁉　どうして言い直したんですか⁉』

慌ててボケ直すレイトに、アイリスが律儀に突っ込みを入れてくる。しかし、レイトは彼女を適当にあしらいながら説明を求める。

『そんなことはどうでもいいから、これがなんなのか教えて』

『まったく……それは魔石《ませき》ですね』

アイリスによると、魔石というのは各属性の魔力を宿した宝石とのことで、魔術師はこの魔石を利用して魔法を強化するらしい。魔石が発掘《はっくつ》できる場所は限られていて、例えば火属性の魔石は火山から採掘《さいくつ》され、水属性の魔石は湖や海で発見されるようだ。

『でもどうして、オオブタンの体内に魔石が？』

『そんなに珍しいことじゃないですよ。魔石は大抵の魔物の好物ですからね』

『食べるのっ⁉』

『石を食すわけではなく、あくまでも石に蓄積《ちくせき》されている魔力を吸い上げるんですよ。大型の魔物は、魔石を食らうことで自分の能力を強化させることもあります』

魔物の奇妙な生態を聞き驚きつつ、交信を終えようとするレイトだったが、アイリスが慌てて声をかけてくる。

『あ、待ってください‼　まだ交信を切らないでください‼　朗報《ろうほう》がありますから‼』

『朗報？』

レイトが聞き返すと、アイリスは嬉しそうに告げる。

『レイトさんの指名手配が解除されたんですよ。どうやら王国は、レイトさんが死亡したと判断したようですね』

『本当に⁉』

ずいぶん年月が経っているので、王国がそう結論付けるのも当たり前かもしれない。これで彼は、人里に戻ることができるようになった。

喜びもつかの間、ふと彼は思い至る。

『あっ……そういえば俺、お金も何も持っていないや』

『人里に下りてから、今まで回収した魔物の素材や野草を売ればいいじゃないですか。それに、調合のスキルを所持していることですし、回復薬とかを制作したらどうですか？』

『薬品か……なるほど』

レイトが納得していると、アイリスがさらにアドバイスしてくる。

『あと、ウルも一緒に連れていけますよ。首輪をしておけば、飼い犬に見られるでしょうし』

『マジかっ』

深淵の森から離れることで、ウルとは別れなければならないと心配していたので、レイトは歓喜の声を上げる。

それから彼は、人里に下りる準備は始めるのだった。

◆　◆　◆

アイリスから朗報を聞いてから一週間が経過した。

全ての準備を整えたレイトは、ウルの背中に乗って深淵の森を駆け抜ける。しばらくして森の外に出ると、目の前には草原が広がっていた。

初めて見る光景に感動を覚えながらも、レイトはアイリスの情報を頼りに、人里を目指して移動を続けた。

「よし、行こう」

「ウォンッ‼」

アイリスによると、草原の近くには小さな村があるらしい。ただし、その村は数日前にゴブリンの群《む》れによって滅《ほろ》ぼされてしまい、今は人が住んでいないそうだ。

しばらくして、レイト達は廃村《はいそん》にたどり着く。アイリスが言った通り、そこには荒らされた建物と人間の死体しか存在しなかった。

「ここか。本当に潰されたんだな。人が殺されたまま放置されている」

「クゥ〜ンッ」

レイト達は道端《みちばた》に転がった無数の死体を見ながら、村の中を進んだ。死体は既に腐敗が進んでおり、悪臭を放っていた。死臭漂う村を移動し、やがて二人は村長が住んでいたと思われる屋敷の前に到着する。

「見張りを頼んだぞ」

「ウォンッ‼」

ウルを扉の前に残し、屋敷の中に入り込む。

今回の彼の目的は、誰も住んでいない村から衣服などを回収することだった。

四年前に彼が屋敷を抜け出す際、衣服は持ち出していた。しかし、成長した今となってはサイズが合うわけがない。

これまでは技能スキルの裁縫《さいほう》で衣服を直して誤魔化していたが、さすがに限界である。

そんなわけもあって、やはり人里を訪れるにはちゃんとした衣服が必要だと考えた彼は、村から見繕《みつくろ》うことにしたのだ。

レイトがタンスを漁《あさ》っていると、村長の息子と思われる人物が着ていた衣服が出てきた。

「見つけた。サイズは……問題ないな。それに今俺が着ている服とそっくりだ」

使えそうな物は、収納魔法でどんどん回収していくレイト。現在の彼のレベルは40であり、収納魔法の制限重量は2000キログラムを超える。

衣服を回収して着替えも済ませると、今度は金目の物を探す。

この屋敷の人間は全員殺されており、物品の所有権を持つ者はいない。そのため、レイトは悪いと思いつつも回収しているのだ。

一仕事終え、レイトが最後に食器を回収して去ろうとしたとき、屋敷の外から人の声が聞こえてきた。

「おい、魔獣だ‼　魔獣がここにいるぞ‼」

「こいつは白狼種じゃねえか⁉　どうしてこんな場所に希少種《きしょうしゅ》が……」

「なんでもいい‼　ぶっ殺して毛皮と牙を剥ぎ取れ‼　こいつはいい金になるぜ‼」

「ウォオンッ‼」

急いで屋敷を飛び出すと、剣を構えた三人の男女がウルと対峙していた。三人のうち二人は、レイトと同世代の男女。もう一人は中年の大男で頭が禿《は》げている。

ウルは既に臨戦《りんせん》態勢に入っており、唸り声を上げた。

「ガアアッ‼」

「待てっ‼　落ち着けウル‼」

そう言ってレイトがウルの前に出ると、三人はどよめいた。

「うおっ⁉　な、なんだお前⁉」

「まさか、生き残りが⁉」

「おいおい嘘だろ？　村人が生き残っていたのかよ⁉」

レイトが三人と向かい合っていると、ウルがすり寄ってくる。

「クゥンッ」

「よしよし……怖かったね」

レイトがウルの身体を撫でるのを見て、三人組は驚きの声を上げる。

「なっ⁉　は、白狼種が人間に懐いてる……⁉」

「嘘だろ⁉　魔獣を手懐《てなず》けたのか⁉」

「まさかそんなことがあるなんて……」

彼等はどうやら冒険者らしい。三人の胸元には、銅製の冒険者バッジが取り付けられていた。

レイトは面倒なことになる前に退散《たいさん》しようと、ウルに声をかける。

「ほら、もう行こう」

「ウォンッ‼」

同意の意味を込めて吠えるウル。すると、少年が声をかけてきた。

「ま、待ってくれ‼　君はこの村の人間かい？」

「違います。この村には偶然通りかかっただけです。本当に誰もいないのか確かめていたんですよ」

「そうなのか……ところでその狼は、君の契約獣《けいやくじゅう》かい？」

「契約獣……？」

レイトは首を傾げ、心の中でアイリスを呼ぶ。

『お～い』

『もう名前すら呼ばなくなりましたね。それはともかく……契約獣というのは、魔物使いという職業の者が、契約魔法で手懐けた魔獣のことです。レイトさんは支援魔術師なので、契約魔法は覚えることはできません』

『そうなんだ。ありがとう』

アイリスにお礼を言って交信を切る。それから彼は、彼等に向き直って告げた。

「契約獣じゃなくて、こいつは俺の家族だよ」

「家族？　この狼が？」

「おいおい、どういうことだよ？　まさか、契約獣じゃないのに人間に懐いているのか？」

そう言いながら三人がウルへ近付こうとすると、ウルは吠える。

「ガアアッ‼」

「こら、落ち着け」

「クゥ～ンッ」

レイトになだめられ、ウルは大人しくなった。その光景を見た三人は、本当に白狼種がレイトに懐いていると納得した。

「じゃあ、俺達はここで」

レイトが立ち去ろうとしたとき、少年が声をかける。

「ちょっと待ってくれ‼　君はその狼の契約主じゃないんだろう？」

「だから契約とかはしてないって」

すると、冒険者達の雰囲気が一変した。

彼等はレイト達を素早く取り囲んだ。

「へっへっへっ……それならここでお前から狼を奪《うば》っても問題はないんだな？」

「白狼種の素材は希少でね。悪いが、大人しくその狼を渡してもらおうか」

じりじりと詰め寄ってくる三人組。

レイトが面倒に思いながら背中の弓矢に手をかけようとすると、禿げ頭の男は薄ら笑いを浮かべて言う。

「そのボロい弓矢を見る限り、ロクに武器を買えない貧乏人だろ？　手製の武器を背負《せお》う奴なんて、初めて見たぜ‼」

続いて男女が口を開く。

「大人しくすれば、命だけは助けてやる‼」

「へへへっ……弱そうな男ね」

三人組は悪そうな顔でレイトに近付いてくる。レイトはウルと背中合わせの状態になった。

「なんというテンプレな展開」

「クゥンッ……」

　レイトは思わずそう口に出して、相手の戦力を知るためにアイリスと交信する。

『アイリス、こいつらって冒険者みたいだけど、俺でも勝てるかな？』

『その人達は冒険者じゃありませんよ。冒険者に成りすました盗賊です。今のレイトさんなら余裕でしょう』

『盗賊？　こいつらが？』

『盗賊の親子ですね。胸のバッジは盗品です。父親は賞金首ですから、王国軍に突き出せばお金をもらえますよ』

『……よし』

　アイリスとの交信を終え、レイトは弓から手を離して両手を構えた。

　彼が武器を持たなかったのを見て、盗賊三人組は首を傾げた。しかし彼等はすぐに、レイトの行動の意味を知ることとなる。

「火球」

「は？　初級魔法……うおっ⁉」

「な、なんだ⁉」

「嘘だろ⁉」

　盗賊達の目の前で、レイトは自分の周囲に三十を超える火球を一度に発現させ、三人の足元に向けて一斉に解き放つ。

盗賊達の足元で爆炎《ばくえん》が上がり、彼等は身体ごと吹き飛ばされた。

レイトは土煙《つちけむり》を振り払いながら、倒れた三人を見る。少年と少女は爆発の衝撃で気を失っているようだったが、父親は気絶せずにいた。

父親が身体を起こしながら言う。

「がはぁっ……く、くそっ……魔術師だったのかよ⁉」

「おお、タフだなっ」

レイトが感心していると、父親が腰に差していたナイフを取り出そうとする。しかしそのとき、ウルが即座に父親に突進した。

「ウォンッ‼」

ウルが勢い良くジャンプし、そのまま父親の顔面を前足で踏みつける。踏まれた父親は再び地面に倒れ、泡を噴いて気絶してしまった。

レイトは戻ってきたウルを撫でてやる。

「よくやったウル」

「クゥ～ンッ」

「それにしてもこいつら……たいしたことはなかったな」

賞金首を呆気なく倒せたことに拍子抜けしつつ、レイトは盗賊達を荷物の中にあったロープで拘束《こうそく》していく。

気絶した三人を縛《しば》り上げたところで、レイトはこの三人をどうやって運ぼうかと考え、アイリスを頼ることにした。

『アイリン』

アイリスがいつものように突っ込みながら応答する。

『中国っぽい名前で少し気に入りそうになりましたけど、私はアイリスです。どうしました？』

『近くの街までは、どれくらいの距離があるのかな？』

『都市というほどではないですけど、それなりに大規模な街が北の方角にあります。盗賊を運ぶ手段に困っているなら、村のはずれに牛車がありますから、それを改造してウルさんに運んでもらえばいいんじゃないですか？』

『牛車をウルに引かせて、狼車《ろうしゃ》にするのか……』

アイリスから牛車がある場所を聞いたレイトは、盗賊達を残して取りに行った。

村全体が荒らされているものの、ゴブリンにとって価値がなかったためか、牛車は無傷のまま放置されていた。もちろん、車を運ぶ牛は全滅《ぜんめつ》しており、骨だけが残されている。

「こいつのことだな。ウル、ちょっと重いと思うけど運べる？」

「ウォンッ!!」

任せろと言わんばかりに吠えるウル。

さっそくレイトは形状変化で牛車を改造し、ウルに取り付けた。それから、拘束した盗賊達のいる場所に戻ってくる。

牛車に三人を乗せようとしたとき、村の入口から大勢の白馬が近付いてくるのが見えた。

「なんだ?」

「クゥ〜ンッ?」

観察眼で見たところ、馬の背には武装した年若い女性達が乗っていた。

白馬の集団はレイト達のところまでやってくると、彼等を取り囲んだ。その数は、五十を超えるほどだ。レイトとウルが警戒していると、一人の女性が白馬から降りて近付いてくる。

「動くな‼　ここで何をしていた?　どうしてその男達は拘束されている?」

質問してきたのは、褐色肌《かっしょくはだ》の黒髪の女性だった。

彼女だけは他の女性と違って鎧を着ておらず、背中に剣を背負っていた。

黒髪を腰まで伸ばしていて、幼さが少し残る綺麗な顔立ち。瞳はルビーのように赤い。

幼げな顔とは不釣合《ふつりあ》いに胸は膨らんでおり、その一方で腹部や下半身はスポーツ選手のように引き締まっている。

レイトが見とれていると、彼女は彼に鋭い視線を向ける。

「質問に答えろ！　返答によってはこのまま拘束させてもらうぞ！」

「えっと……」

戸惑うレイトに向けて、周囲の女性達は一斉に武器を構えた。レイトはアイリスを呼び、この状況を切り抜ける方法を尋ねる。

『アイリス君』

『なんで急に君付けを？　もう、このボケはいいですよ。次からは普通に呼んでくださいね。さてと……この人達は、バルトロス王国騎士団の一つであるヴァルキュリア騎士団です。レイトさんに声をかけてきた女性は、王国の第一王女、つまり、先王の三人娘の長女、レイトさんの従姉《いとこ》に当たる方ですね』

『従姉⁉』

思わぬ情報を聞き、レイトは心の中で大声を出してしまう。

アイリスはさらに続ける。

『ナオという名前で、世間からはナオ姫と呼ばれています。いわゆる姫将軍ですね』

レイトの従姉であるというナオの年齢は、見た感じ16、17歳程度だった。

先王の娘については、転生して間もないときにアイリスから聞かされていた。しかし、こんな場所で遭遇するとは予想外だ。

これほどの若さで王国の騎士団を任されていることにも驚きつつ、レイトはアイリスに尋ねる。

『どうして、その王族であるこの人が、ここに?』

『この村がゴブリンに襲われたということは、既に話しましたよね。ですが、この村には結界石と腐敗石が配置されていたんです。本来魔物が寄り付くことはないんですが、それなのに魔物に襲撃《しゅうげき》された。彼女は、その調査のために訪れたんですよ。ここから王都はそれほど離れていませんからね』

『マジかよ。そういえば、何をしていたのか質問されてるんだけど、どう答えればいい?』

『素直に盗賊を捕まえたと話せばいいと思います。ただし、レイトさんはここに取り残された村人だと偽ってください』

『分かった。名前とかは言っちゃっていいの? 俺、一応この間まで指名手配犯だったはずだけど』

『問題ないです。実は、レイトさんの手配書には似顔絵と罪状が書かれているだけで、名前は載っていなかったんですよ。レイトさんのことは国でも極秘《ごくひ》にされてましたから、先王の娘達にも知らされていません。少なくとも、名前から正体が知られることはありません』

『俺を捕まえるための情報は顔しかなかったのか……じゃあ、手配書がなくなった今なら、本当のことを言っても大丈夫そうだね』

『そうですね。村人と偽っても生き残りはほとんどいませんから、嘘だとばれることはないでしょう。また何か困ったことがあったら相談してくださいね』

『分かった』

アイリスとの交信を終えて、時間停止が解除される。

レイトはナオに向き直り、質問に堂々と答える。

「俺は……私はこの村の人間です。名前はレイトと言います」

「レイトか。お前はこの村の生き残りか？」

「はい。数日前にゴブリンの群れに村が襲われ、なんとか逃げられましたが……他に行くあてがなく、この村に戻ってきました」

「そうか……それで、その三人はどうした？」

ナオが縛られている三人組を指差す。ナオの質問に、レイトは慌てずに落ち着いて答える。

「盗賊です。この村の物を盗み出そうとしたので捕まえました」

「ふむ……」

レイトの説明を聞き終え、ナオは考え込んだ。さらには、他の女性騎士ともヒソヒソと話し合っている。

しばらくして一応納得したらしいナオが、ウルのほうに視線をやる。

「お前は村人だと言ったな。だが、その狼はなんだ？」

「うちの家族です。子供の頃から面倒を見ているので、人は襲いません」

レイトがそう言うと、ウルがここぞとばかりに甘えた声を出す。

「クゥ～ンッ……」

「そ、そうか……ずいぶんと大きいな」

ナオは若干たじろいでいた。

レイトはウルを抱き寄せて頭を撫で、ウルが人間に慣れていることをアピールする。白狼種が嬉しげに彼の胸元に顔を埋《うず》める様子を見て、武器を構えていた女性騎士達は警戒を解いた。

だが、ナオだけはレイトに訝《いぶか》しげな目を向け続けていた。

「貴様はこの村の住民だと言ったな。しかし、どうやって今日まで生き延びた」

「えっと……草原を彷徨《さまよ》っていました」

「草原だと？　魔物に襲われなかったのか？」

「この子が追い払ってくれましたから」

「ウォンッ‼」

ウルが元気よく返事をする。白狼種であるウルは、並の魔物とは比べ物にならないほどの戦闘力を誇るので、草原に出現する魔物に対抗できるのは事実である。

ナオがウルを見ながら、続けて尋ねる。

「その狼ならゴブリンの群れにも対抗できたんじゃないのか？　貴様一人で逃げ出したのか？」

「それは……」

レイトは言い淀んでしまった。さっそく困ったことになった彼は、アイリスの助けを求めることにする。

名前を呼ぶ前にアイリスが交信に応じてくれた。

『村の近くにある洞窟で飼っていたと説明してください。他の村人が怖がるから村の中では飼えなかったと説明すればいいんですよ』

アイリスに感謝しつつ、レイトは彼女の言葉通りに説明する。

「この村の近くに洞窟が存在します。そこでこの子を飼っていました。小さい頃はこの村に住んでいましたけど、大人になると怖がる人間もいたので仕方なく村の外に……」

一人の女性騎士が、ナオに近寄って耳打ちする。

「姫様、この村の近くの森には確かに洞窟があります。もしかしたら……」

「そうか……なら次の質問だ。貴様が本当にこの村の人間ならば、村長の名前を知っているはずだろう。名前を教えてくれ」

すかさず、アイリスが教えてくれる。

『この村の村長の名前はロウです』

一瞬の交信ののち、レイトが答える。

「村長の名前はロウです」

「ふむ……本当か？」

ナオが団員達に確認すると、団員の一人が懐《ふところ》から羊皮紙を取り出して確認し、うなずいた。

しかしそれでも完全には疑いが晴れないのか、ナオは盗賊を指差してレイトに尋ねる。

「この三人はどうやって捕まえた？　その狼を利用したのか？」

「いや、魔法を使って倒しました」

「魔法？　お前は魔術師なのか？」

「ええ、まあ……支援魔術師ですけど」

レイトが素直にそう答えると、ナオは激昂《げきこう》してしまう。

「支援魔術師だと⁉　貴様、私を馬鹿にしているのか‼」

ナオが怒っている理由が分からず、レイトは混乱してしまったが、どうやら彼女は不遇職が盗賊を捕縛《ほばく》できるはずがないと思っているらしい。

ナオがさらに続ける。

「もう一度だけ質問するぞ。この盗賊達をどうやって捕縛した？　その狼を使ったのか？

それとも他に生き残った人間がいるのか？」

「ですから魔法を……」

「嘘を吐くな‼　支援魔術師に攻撃魔法など扱えないだろう‼　それとも副職が他の魔術師の職業とでも言い張るつもりか？」

「あ、副職は錬金術師です」

「ふ、ふざけるな‼　どちらも不遇職ではないか‼」

ナオがさらに激怒《げきど》するが、レイトは嘘偽《うそいつわ》りなく答えている。

もちろんこちらの世界で、支援魔術師と錬金術師が不遇職とされていることは彼も知っていたが、ここまで過剰《かじょう》な反応をされたのは実の父親以来だった。

ナオが激高したことで、他の女性騎士達は武器を構え直し、レイト達を取り囲む。武器を向けられたウルが牙を剥き出して威嚇するが、レイトは彼をなだめて冷静にナオに向き直る。

「支援魔術師でも魔法は使えます。砲撃魔法は覚えられませんが、初級魔法なら覚えられるんです」

「それはそうだが……生活魔法がなんの役に立つ？」

「生活魔法でも、使い方によっては攻撃もできます。それを証明すれば、俺の話を信じてくれますか？」

「……いいだろう。なら、試してみろ」

ナオが静かに言い、団員達に合図をして武器を下ろさせる。そして手早く指示をして、レイトが魔法を使いやすいように場所を空《あ》けさせた。

十分な距離が開いたのを確認したレイトは、手のひらを構えて魔法を発動しようとし……直前にアイリスと交信を行う。

『アイリス。どれくらいの魔法を見せれば信じてくれると思う？』

『だから普通に名前を……あ、今回は普通でしたね。あまり派手な魔法を使ったら駄目ですよ。すごい魔法を使うと、どうしてゴブリンの群れに襲われたときに村を守らなかったのか⁉　って疑われますから』

『分かった』

短めの交信を終え、レイトは自分の周囲に十個の火球を発現させる。

「火球‼」

「なっ⁉」

「一度に……あれだけの数を⁉」

「馬鹿なっ……」

ヴァルキュリア騎士団員達は驚愕していた。

しかし、ナオだけは眉をひそめるのみだった。火球を複数発現させたのには驚いたものの、それだけで、盗賊三人を倒せるほどの実力があるとは思わなかったのだ。

「どうした？　それだけで終わりというのなら――」

「じゃあ、いきますよ」

ナオが口を開いた瞬間、レイトは手のひらを地面に向ける。すると、彼の周囲に浮かんでいた火球が、地面へ降り注いだ。

その瞬間、地面から地雷が爆発したように爆炎が生じる。その光景を見て、ナオと団員達が驚愕の声を上げる。

一つひとつの威力が弱くとも、複数の火球が同時に衝突すればその威力は馬鹿にできない。しかも、レイトの初級魔法は熟練度を限界値まで鍛えてあるので、普通の人間が扱う初級魔法とは比べ物にならないのだ。

火球の威力に驚いた団員達は、次々に賞賛《しょうさん》の声を出す。

「す、すごい……」

「この威力……砲撃魔法にも劣らないだろう」

団員の一人が、ナオに耳打ちする。

「姫様、やはりこの男の言葉は本当なのでは……」

「くっ……分かっている‼」

ナオが団員の言葉を遮った。そしてレイトに顔を向け謝罪する。

「その……すまなかった。確かに今の魔法なら、この程度の盗賊を捕まえることは容易いだろうな……疑って悪かった」

「え、いや……」

意外なほどに素直に謝ったナオに、レイトは戸惑ってしまう。

それからナオはレイトが捕まえた盗賊を一瞥《いちべつ》すると、団員に話しかけて小袋を用意させた。そして、その小袋をレイトに差し出す。

「受け取ってくれ」

「え？」

「この盗賊の男は賞金首だ。銀貨三十枚入っている」

「あ、ありがとうございます」

レイトは、慌ててナオから差し出された小袋を受け取る。

中を確認すると、大量の銀貨が入っていた。

この世界の銀貨は日本円で一万円と同等の価値がある。つまり、ナオは三十万円相当をレイトに渡したのだ。

ナオがレイトに話しかける。

「お前がこの村の人間だと信じよう。だが、それならば我々の調査に協力してほしい。この村で何が起きたのか詳しく教えてくれるか？」

「えっ……あ、はい」

するとアイリスの声が乱入してくる。

『私の出番ですね。しっかりと質問を聞いてください』

ナオは、この村で何が起きたのか、詳しく問いただしていった。

もちろんレイトは本当にこの村にいたわけではない。そのため彼は、アイリスと交信しながら村人を演じるのだった。

◆
◆
◆

ナオに返答するにあたり、レイトはこの村で何が起きたのかをアイリスから伝えられた。

アイリスの説明をまとめると、以下の通りである。


数日前、村をゴブリンの集団が襲撃した。

だが、このゴブリンは普通のゴブリンではなく、襲撃の際に村の外に配置されていた腐敗石と結界石を処理してから侵入してきたのだという。

この二つの魔石は、レイトが住んでいた深淵の森の屋敷にも存在した魔物除《よ》けの不思議な石であり、普通の魔物は近付くことすらできない。

魔物が嫌う悪臭を放つ腐敗石と、物理攻撃を寄せ付けない防護壁を生み出す結界石。この二つの魔石には、実はそれぞれ弱点が存在する。

腐敗石は悪臭を防ぐ方法があれば魔物でも接近でき、結界石の防護壁は任意で発動する代物なので、見張り役がいなければ発動しないのだ。

村に侵入してきたゴブリン達は、そのことを理解していたかのように行動した。

彼等は全員口元を布で覆って悪臭を防ぎ、さらに弓矢で結界石が配置されていた見張り台にいた村の兵士を射抜いた。防護壁を発動する前に結界石の番人を倒したことにより、ゴブリン達は村になだれ込んできた。

さらにゴブリンは、全員が人間のように武装していたのだという。中には、冒険者や王国軍の兵士から奪った鎧を装着した個体も存在していた。

ゴブリン達は即座に村人を制圧。草原に逃げ延びた人間は大半が他の魔物に襲われて殺され、辛《かろ》うじて他の村に避難《ひなん》できた人々もいたようだが、怪我がひどくその多くが死亡してしまった。

村を占拠《せんきょ》したゴブリンは、自分達が必要とする物だけを回収して撤退《てったい》し、残されたのは村人の死体だけだった。

レイトから話を聞いたナオは腕を組みながら、納得いかないようだった。

「……信じられないな。たかがゴブリンがそんなことをするとは……」

そんな彼女に向かって、女性騎士の一人が進言する。

「ですが姫様、この村は人間の死体で溢《あふ》れ返っているではありませんか。ゴブリンは人肉を好みませんから、死体が残っていても不思議ではありません。他の魔物が襲撃していたとしたら、死体は全て食べられているか、歯型などの痕跡《こんせき》が残っているはずです」

「分かっている」

ナオとヴァルキュリア騎士団は全員、難しい表情を浮かべている。

レイトを信じないわけではないが、ゴブリンが人間のように知能的な行動を取ったことに動揺を隠せないのだ。

ナオがレイトの目を見つめながら質問する。

「そのゴブリンが装備《そうび》していた鎧や武器に何か特徴はあったか？　なんでもいいから、気になることがあれば教えてくれ」

「特徴……」

実際のゴブリンを見たわけではないレイトは、なんと言おうかと考え込む。そのとき、再びアイリスの助言がレイトの脳内に響く。

『装備品ではないですけど、ゴブリンの中にオーク並みの巨体を持った個体がいたと説明してください』

気を利かせてくれたアイリスに感謝し、レイトはそのままナオに伝える。

「そういえば、ゴブリンの中にオークみたいに大きな個体もいました。あとは特に……」

「オークのように大きなゴブリン……もしや、ゴブリンナイトか？　ゴブリンナイトが群れを率《ひき》いているなら、その行動も納得できるな」

「ゴブリンナイト？」

ナオの言葉に首を傾げるレイト。すると、またもやレイトの脳内にアイリスの声が響いた。

『ゴブリンナイトはゴブリンの上位種であり、普通のゴブリンが進化した個体です。進化種とも言われてますね』

昔よりも彼女との交信が即座にできるようになっていると思いつつ、それはさておき、彼はナオにここに来た目的を聞いてみることにした。

「あの……どうしてお姫様はこちらに？」

「お姫様はやめてくれ。この村にゴブリンが現れたと報告が届いたから訪れただけだ。本来は地方の警備《けいび》兵が対応する問題だが、この村以外にもゴブリンの被害を受けている町や村が存在するのが気になってな。だから私が出向いて調べることにした」

「そうなんですか」

「そんなことより、お前はどうする？　行くあてがないのならば、我々が保護するが」

「あ、いえ……このままこの子と別の町に移り住みます。家も家族もいないので……」

「ウォンッ」

「そ、そうか……その、悪いことを聞いたな」

レイトの言葉に、ナオが気まずそうに視線を逸らす。

実際のところ、レイトは王国領土を離れるために旅をするつもりだったが、さすがに普通の村人が旅に出ると言いだすとおかしいため、適当に誤魔化したのだ。

レイトの事情を知らないナオは、話を変える。

「そういえばお前の先ほどの魔法、なかなか見事だったぞ。この際、冒険者になってみたらどうだ？」

「冒険者？」

ナオの言葉に、団員の一人が眉をひそめて諫《いさ》める。

「姫様、さすがにそれは……不遇職の人間が生き残れる職業ではありませんよ」

しかし、レイトは冒険者という職業には前々から興味を抱いていたため、やや乗り気になって目を輝かせる。

そんな彼を見て、ナオは羊皮紙を取り出して文章を書き込み、レイトに差し出した。

「これを渡しておこう」

「これは……？」

「お前の身分を証明する物だ。村を荒らされたことで、身分を証明する物もないし、保証人もいないだろう？」

渡された羊皮紙をレイトが見ると、そこにはナオの名前と、王国の紋章《もんしょう》と思われる、剣と盾が重なったような印が刻まれていた。さらに、王国の第一王女であるナオが村人であるレイトの身分を証明するという文面が載っている。

レイトがナオに感謝して身分証を受け取ったところで、側にいた団員がナオに声をかける。

「姫様、もうこの村の調査は終えました。一度、王都に戻りましょう」

「そうだな……お前も一緒に来い。近くの街まで護衛してやる」

「あ、ありがとうございます」

「おい、誰か後ろに乗せてやれ」

「大丈夫です。この子に乗りますから」

「ウォンッ‼」

レイトが元気いっぱいのウルに乗り込むと、ナオは驚きつつも、すぐに村を出発する号令をかける。ナオの話では、この村から一番近い街までは馬でも数時間はかかるらしい。

ヴァルキュリア騎士団の後ろを走るレイトは、その道中で彼女達の様子をうかがった。

団員全員が女性であることは分かっていたが、改めて見ると、全員が10代後半から20代前半の若い女性で、しかも容姿端麗《ようしたんれい》であることに気付く。

理由を尋ねてみようと思い、レイトは最後尾《さいこうび》にいる一番小柄な団員に近寄って声をかける。

「あの……すみません。少しいいですか？」

「わうっ？」

小柄な女性団員は、犬のような鳴き声を上げてレイトを振り返った。

彼女は頭に犬耳を生やしており、鎧に隠れているので分かりにくかったが尻尾も見える。レイトはすぐに、彼女が獣人族《ビースト》と呼ばれる種族だと分かった。

「えっと、どうして団員の中に男性がいないんですか？」

「あ、私に聞いてるんですね!!　それはお姫様が男性嫌いだからです!!」

「え、嫌いだから……？」

先ほどナオと交わした会話を思い返す限り、確かに最初は辛辣《しんらつ》だった。だが、ナオはレイトのために身分証まで渡してくれたのだ。そのことを思い出し、レイトが首を捻る。

すると、前方にいた黒髪の女性が二人の会話を聞いていたらしく、スピードを緩めて馬を寄せて会話に加わってくる。

「姫様が男性に対してあのように優しく接したのは初めて見た。だが、元々姫様は才能ある人間を優遇《ゆうぐう》される御方だからな。もしかしたら貴殿《きでん》のことを気に入ったのかもしれないぞ」

「そうなんですか？」

「わぅんっ‼　さっきの魔法はすごかったです‼　私も教えてほしいです‼」

「誰でも練習すればできると思いますけど……」

火球はあくまでも初級魔法であり、地道に訓練を続ければ、普通の人間でもレイトがやったことは真似できる。しかし、彼のように、初級魔法の可能性を信じて熟練度を限界値まで上昇させる人間は滅多に存在しない。そのため、初級魔法の威力が一般的に知られていないのだ。

続いてレイトは、二人の女性に彼が先ほどから気になっていたことを尋ねる。

「あの……男嫌いだから団員に男性がいないのは分かったんですけど、どうして皆さんはお若いんですか？」

「私達は武器以外に魔法も扱えるからだ。魔術師が最も魔力が高まる時期は10代から20代で、30代以降は個人差はあれど、年齢を重ねるごとに魔力が減少する。だから騎士団には若い人間しかいないのだ」

「私は魔法は使えませんけど、剣術に自信があったので志願したら採用してくれました‼」

二人の団員の言葉にレイトが納得したとき、前方で魔物の雄叫びが響き渡る。

「ギュルルルッ……‼」

「ま、魔物だ‼　魔物が現れたぞ⁉」

前のほうで、慌てた団員の声がレイトの耳に届いた。

彼が前を見ると、遠くのほうに体長が2メートルを超える巨大なミミズがいるのが見える。その光景にレイトは呆気に取られるが、すぐにアイリスに交信を行う。

『アイリス、あれはいったい何？』

『あのミミズの名前はサンドワームですね。基本的には人間に害をなさず、むしろ大地に栄養を与えてくれる存在として農家の人間からは慕われている魔物です。こちらから手を出さなければ襲ってこないですよ』

『そうなんだ。それなら安心……』

『だけど外見が少々気持ち悪いことから女性には嫌われています。一目見ただけで嫌悪感《けんおかん》で気絶する人もいますからね。それと、下手に倒したら死体からフェロモンが分泌《ぶんぴつ》されて大量の仲間を呼びますから、気を付けてくださいね～』

『……え？』

交信を終える間際にアイリスが不穏《ふおん》なことを告げた気がしたが、レイトが何か言う前に交信が切られてしまった。

時間停止が解除され、前方を確認するレイト。すると、団員達が剣を引き抜いてサンドワームに戦闘態勢を取っているのが見えた。

レイトが技能スキルの遠視を使うと、一際《ひときわ》顔色を悪くしているナオが見える。剣を構えているが、その切っ先は震え、今にも卒倒しかねない様子だ。

「お、落ち着けぇっ‼ 取り乱すなっ……王国軍人は取り乱さないっ‼」

「姫様⁉ 無理をなさらないでください‼ 姫様は魔物恐怖症なのですから‼」

ふらふらのナオを団員の一人が押しとどめる。レイトがナオのあまりの取り乱しように驚いていると、側にいた黒髪の団員が彼に説明する。

「姫様は幼い頃、魔物に襲われて大怪我を負ったことがある。それ以来、どんなに力が弱い魔物だろうと、あのように怯えて戦えないのだ」

「ええっ⁉ じゃあなんでゴブリンの調査にやってきたんだよ‼」

全力で突っ込むレイトだったが、その間にも、前方の喧騒《けんそう》はどんどん大きくなる。

「落ち着いてください姫様‼ このような魔物など、我々だけで……」

ナオを落ち着かせるために他の女性騎士達がサンドワームを追い払おうとするが、サンドワームはまったく彼女達を恐れずに近寄ってくる。

「ギュルルルッ……‼」

我を失ったナオが、叫びながら武器を振り回してしまう。

「う、うわあああっ⁉」

「あ、姫様⁉　駄目です‼」

女性騎士が慌ててナオを止めようとする。しかし、ナオは武器を振り回すことをやめない。それが逆にサンドワームを刺激してしまい、巨大ミミズはさらにナオに近寄る。

さらに、ナオが跨《また》がっている白馬が暴れだし、彼女は危《あや》うく落馬しそうになってしまう。

「わあっ⁉」

「姫様‼　おのれっ‼」

団員達がそれを見て激昂し、サンドワームに斬りかかろうとする。様子を遠くから見ていたレイトは、慌てて大声を出して制止に入った。

「あ、駄目だっ‼　そいつは倒したら仲間を引き寄せるフェロモンを出しますよ‼」

だが、彼の言葉を無視して、団員の一人が剣で斬りつけようとしてしまう。その瞬間、サンドワームは口から黄色の液体を吐き出した。

「ギュロロロロッ‼」

「うわぁっ⁉」

「しょ、消化液⁉」

サンドワームから吐き出された液体が地面に付着した瞬間、地面が煙《けむり》を噴き上げて溶解《ようかい》する。その光景を見たヴァルキュリア騎士団に動揺が走って隊列が乱れる。

彼女達がサンドワームの生態を知らないのだと悟《さと》ったレイトは、仕方ないのでアイリスに相談する。

『アイリス、どうしようか』

『まったくもう……サンドワームは好物を与えると大人しくなりますよ。サンドワームが好きなのは、魔物の死骸です』

『ありがとう』

アイリスと交信を終えたレイトは収納魔法を発動し、少々もったいなく感じながらオオブタンの骨付き肉を取り出した。

彼はウルに乗りながら、肉を振り回してサンドワームに接近する。

「ほら‼　こっちだ‼」

「な、何をしているんだ⁉」

「危ないぞ‼　離れろっ‼」

いきなり魔物に向かって走りだしたレイトを見て、団員達が次々に声を上げる。

「ギュルルルッ……‼」

サンドワームは彼が握りしめている肉に気付くと、レイトにゆっくりと近付いてくる。

巨大なミミズが寄ってくる光景をまるでホラー映画だと思いながら、レイトは骨付き肉を差し出した。

「グルルルッ……‼」

「こらっ、落ち着け……お前の分はあとでやるから」

「クゥンッ……」

接近してくるサンドワームにウルが唸り声を上げるが、レイトがウルを落ち着かせる。

レイト達に敵意がないことを感じ取ったサンドワームは、ゆっくりと頭を骨付き肉に伸ばした。

「ギュルルルルッ」

サンドワームが肉にゆっくりと噛みつき、一気に呑み込む。やがて満足したのか、サンドワームは嬉しそうに身体をくねらせ、レイト達の前で転がった。

はしゃぐサンドワームを見て、いつの間にかレイトの隣にやってきていたナオが、レイトに尋ねる。

「お、おい……大丈夫なのか？」

「平気ですよ。サンドワームは人間に無害ですから」

「そ、そうなのか……」

試しにレイトがサンドワームの身体に触れてみるが、サンドワームは特に反応は示さず、すぐに地面に潜り込んでしまった。

ヴァルキュリア騎士団の面々が安堵していると、サンドワームが地中からひょっこり顔を出す。そして、口元から鉱物《こうぶつ》を吐き出した。

「ギュルルルッ」

そして、今度こそ完全に地中に潜り込んでしまった。サンドワームが吐き出したのは、緑色に光り輝く鉱石だった。

「うわっ⁉ 肉のお礼かな？ あれ、もしかしてこれって……」

レイトがどこかで見覚えのあるものだと思っていると……すぐにナオが驚いた声を上げる。

「……結界石の原石じゃないか⁉」

レイトは吐き出された原石を持ち上げる。消化液が付着しているものの、貴重《きちょう》な結界石の原石であることに変わりはない。あとで水で洗い流すことにして、ひとまずレイトは収納魔法を発動して原石を回収する。

団員達が呆然としている中、一足早く冷静さを取り戻したナオが、レイトに頭を下げる。

「その……さっきは取り乱してしまったな。迷惑《めいわく》をかけてすまない……できればさっき見たことは胸にしまっておいてくれ」

「それは構いませんけど……あの、大丈夫ですか？」

「あ、ああ……昔から魔物がどうも駄目で……特にああいう気持ち悪い奴を目にすると、耐えられないんだ。いや、何を言ってるんだ私は……」

混乱してあれこれ話してしまうナオ。

実はこのときナオは、初対面の人間に自分の弱点を簡単に話してしまったことに、違和感を抱いていた。それと同時に、彼女はなぜかレイトを他人とは思えない不思議な感覚に陥っていたのである。

レイトもまた、ナオに家族愛のようなものを感じていた。彼女に自分の正体を明かすわけにはいかないが、レイトは自分の親族に会えたことに感動していたのだった。

二人がどこか親近感を覚えているところに、団員の一人が声をかけてきた。

「姫様、そろそろ先に参りましょう」

「そうだな。それにしてもサンドワームが出てくるとは……あの魔物はよく出現するのか？」

「えっと……」

ナオの質問にレイトが困っていると、アイリスがすぐに反応する。

『さっきのはレイトさんが訪れた村で飼われていた個体です。現在は野生に適応したようですね』

アイリスの説明をそのままナオに伝え、レイトは上手くその場を乗り切ったのだった。

彼等は一番近くの街を目指し、再び移動を開始する。

数時間後、レイトはヴァルキュリア騎士団に同行しながら、ナオ達から王国の現状を教わっていた。

レイトとナオはそれぞれ馬とウルから降り、歩いて会話をする。

両親以外で初めて出会った親類のナオともっと仲良くなりたい思うレイトに対し、ナオもまたレイトに興味を抱いていた。

レイトがナオに尋ねる。

「ナオ姫様の職業は、剣士なんですか？」

「いや、私の職業は騎士と格闘家だ。脳筋《のうきん》と言ったら斬り捨てるぞ」

「言いませんよ、そんなこと。騎士は剣士とは違うんですか？」

「そうだな。一般的には、騎士は剣士の上位に位置する職業と言われている。だが、必ずしも騎士が剣士よりも優れているとは言えない。同じ剣を扱う職業でも、それぞれに得手《えて》不得手《ふえて》があるからな」

「へえ、騎士団っていうからには、他の方も騎士の職業なんですか？」

レイトがそう言ってヴァルキュリア騎士団に目を向けると、ナオは首を横に振る。

「騎士団であっても、必ず騎士の職業を身に付けているわけではない。職業を習得していなくても剣を覚えることはできるからな。その分、相当な努力をしなければならないが」

「なるほど、それはよく分かります」

レイトが熱意を込めて言うと、ナオが目を丸くして尋ねる。

「……分かるのか?」

剣の鍛錬の経験があるように言うレイトにナオは疑問を抱くが、遠くのほうに街影が見えてきたので、それ以上追及《ついきゅう》することはなかった。

レイトが観察眼と遠視で前方を見ると、それは煉瓦《れんが》製の城壁《じょうへき》に覆われた人工の建築物だった。

ついにレイトは、人がいる街を訪れることになった。

「あれは……」

レイトが思わず呟くと、ナオが説明する。

「冒険都市だ。歴史に名前を残した数多くの冒険者は、あの都市で名を上げている。先ほども言ったが、お前も興味があるなら冒険者を目指すのはどうだ?」

「え?」

「まあ、不遇職であるお前には過酷な道かもしれないが、お前なら一流の冒険者になれると思う。いや、期待しているぞ」

ナオはそう言って微笑んだ。

レイトはこのとき、冒険者を志《こころざ》すことを心に決めたのだった。そして、彼は将来、過去の冒険者の誰にも負けない功績《こうせき》を積み重ねていくことになる――

あとがき

この度は、文庫版『不遇職とバカにされましたが、実際はそれほど悪くありません？ 1』をご購入いただき、誠にありがとうございます。作者のカタナヅキと申します。

今作は私の最初の書籍化作品であるものの、実を言えば本作のベースとなる物語があり、紆余曲折《うよきょくせつ》の末、その作品をたたき台に一から書き直したという経緯《けいい》があります。

元となった作品は現在もＷｅｂ版として公開中です。しかも主人公とヒロインは同じ名前で性格も殆《ほとん》ど変わりません。ただし、二つの作品が異なるのは、前作では異世界転移だった設定を、書籍版の本作では異世界転生に変えて主人公が一から育つ物語にした点です。さらに、ヒロインも大幅に追加しました。

一巻では、主人公のレイトは森の中でのサバイバル生活を通して強く成長し、普通の人間のような生活を過ごすことを目標としていますが、彼の境遇がそれを許しません。いつまでも狭間の世界の管理人であるアイリスに甘えているようでは駄目なんです。彼は自らの力で問題を解決していく必要があります。

それでもレイトは未熟ながらも努力を怠らず、様々な技能を身に着けて強くなっていきます。世間で不遇職と認識されている職業であろうと、頑張って能力を極めれば、決して役に立たない能力ではないと証明できる日も来るでしょう。少なくとも、主人公は自分の能力を信じて生きています。

ちなみに、『不遇職』の世界では誰もが生まれた時から何らかの職業の才能を持っているものの、必ずしも「剣士」で生まれた人間が剣士として生きられるわけではないのです。ステータスで表示される職業は、あくまでもその人間が持つ才能に適した職業というだけであり、主人公のように魔術師であろうと剣士になることもできます。

しかし、大半の人間は自分に適した職業の才に固執《こしつ》して、他の職業を選択する道を選びません。それがこの世界の人間の常識である一方で、この世界の人間ではない主人公との違いです。努力すれば、この世界の人間だって自分には見合わない職業にも就《つ》けます。レイトの場合は、アイリスという導き手がいたからこそ効率良く成長できましたが、もしも他の人間も適切な指導を行える人が傍に居れば、誰だって彼のように強くなる可能性を秘めています。

レイトがこれからどんな風に成長するのか。そして彼がどんな運命を辿るのか。

是非《ぜひ》、皆様の目でお確かめいただけますと幸いです。

それではまた、次巻でも皆様とお会いできることを願って。

二〇二三年六月　カタナヅキ

アルファライト文庫

この作品に対する皆様のご意見・ご感想をお待ちしております。

おハガキ・お手紙は以下の宛先にお送りください。

【宛先】

〒 150-6008 東京都渋谷区恵比寿 4-20-3 恵比寿ｶﾞｰﾃﾞﾝﾌﾟﾚｲｽﾀﾜｰ 8F
（株）アルファポリス　書籍感想係

メールフォームでのご意見・ご感想は右のＱＲコードから、
あるいは以下のワードで検索をかけてください。

アルファポリス　書籍の感想　検索

ご感想はこちらから

本書は、2018 年 11 月当社より単行本として
刊行されたものを文庫化したものです。

不遇職《ふぐうしょく》とバカにされましたが、
実際《じっさい》はそれほど悪《わる》くありません？ 1

カタナヅキ

2023年 6月 30日初版発行

文庫編集－中野大樹／宮田可南子
編集長－太田鉄平
発行者－梶本雄介
発行所－株式会社アルファポリス
〒150-6008東京都渋谷区恵比寿4-20-3恵比寿ガーデンプレイスタワー8F
TEL 03-6277-1601（営業） 03-6277-1602（編集）
URL https://www.alphapolis.co.jp/
発売元－株式会社星雲社（共同出版社・流通責任出版社）
〒112-0005東京都文京区水道1-3-30
TEL 03-3868-3275
装丁・本文イラスト－しゅがお
文庫デザイン—AFTERGLOW
（レーベルフォーマットデザイン－ansyyqdesign）
印刷－中央精版印刷株式会社

価格はカバーに表示されてあります。

落丁乱丁の場合はアルファポリスまでご連絡ください。

送料は小社負担でお取り替えします。


ISBN978-4-434-32163-4 C0193